D E A R + N O V E L

愛のマタドール

華藤えれな
Elena KATOH

新書館ディアプラス文庫

S H I N S H O K A N

愛のマタドール

目次

愛のマタドール ―― 5
あとがき ―― 255

イラストレーション／葛西リカコ

愛のマタドール

A MATADOR IN LOVE

1　野良猫

わからない、どうしてこんな夢を見るのか――だけど彼との情交のあと、必ずといっていいほど同じ夢を見る。黒い牡牛になって彼を殺してしまう夢を。

場所はスペインの闘牛場《プラサ》。

しなやかで美しい肉体をマタドールの衣装で飾った彼が真正面に立つ。太陽の光を反射し、彼が手にした赤い布がきらきらと煌《きら》めく。

「こいっ！」

アリーナに反響する低い声。満員の観衆が見守るなか、ひきよせられるように突進し、すれちがいざま彼の脇腹を白い角で突き刺す。肉を抉《えぐ》る感触。続いて赤い血が雨のように降るなか、どさり、と音を立てて彼が地面《ルエド》に倒れていく。

「どうですか、私に殺される気持ちは？」

腕を伸ばして彼の躰《からだ》を抱きあげる。いつしか自分の姿は牡牛ではなく、神父に変わっていた。何度となくこの男に獣のように貪られてきた。今、その男がぐったりと意識を失っている。

彼の躰を抱きしめた瞬間、すうっと目の前から魂がぬけていくのがわかった。

眩《まぶ》しい光――――。

魂、そして腕のなかから彼の肉体が消えていく。真昼の蜃気楼《しんきろう》のように。

「……っ……」

彼の名を呼び、立ちあがってあたりを見まわす。けれどシンと静まりかえった闘牛場には誰もいない。ついさっきまで場内を埋めていた観客の姿もない。

けだるく物憂い午後、乾いた風が血にまみれた砂を巻きあげ、なにもなかったかのような静寂の世界に戻っていく。

残されたのは自分の濃い影。天蓋《てんがい》のような蒼穹《そうきゅう》――そして灼熱の太陽だけだった。

†

枯《か》れたヒマワリ畑しかない赤茶けた大地。彼と出会ったのは、そんなスペイン南部アンダルシア地方のさびれた街の酒場《バル》だった。

その日も、九月末だというのに温度計の数字は45℃を超えていた。

炎熱の大地がようやく涼しくなったのは午後十時過ぎ。太陽が沈み、夜空に白々とした月が浮かびあがる時間帯になってからだった。

「なにか冷たい酒を。そうだな、サングリアでも」

黒いサングラス姿のまま町外れの酒場に入り、古びた木製のカウンターにもたれかかる。

「グラスで？　それとも瓶《びん》で？」

コップを洗っていた手を止め、厨房《ちゅうぼう》から白髪のマスターが無愛想に声をかけてくる。

「グラスで」

小銭をカウンターに置くと、マスターはサングリアを入れたグラスを差しだした。

赤ワインを発泡水と氷で割り、オレンジやレモン、リンゴ、スイカといった果物の切れ端を投げこんで甘みを加えたスペイン特有の酒サングリア。

店によって中身に違いはあるが、どれもその名のとおり濃密な血《サングレ》の色をしている。

飲み干すと、冷えきった爽快《そうかい》な酒が喉《のど》の奥に落ちていく。

口当たりのよさにすっきりとした清涼感をおぼえながら、カウンターに肘《ひじ》をついてぼんやりと店内を眺める。

——ずいぶん閑散とした酒場だな。

白壁の下半分をイスラム風のタイルで埋めたアンダルシアスタイルの内装。一階は酒場《バル》、二階は安宿《オスタル》になっている。郊外によくあるタイプの店だった。

店内に流れるのは、ビートの効いたフラメンコポップス。

薄暗いフロアで数人の若い男女が酒のグラスを片手に好き勝手に踊っている。濃密なキスをしたり、抱きあったりしながら。

夜なのにサングラス姿でふらりと店に入ってきた男の存在を気にとめる者はいない。

二杯目のサングリアを口に含んでいると、ふとマスターがなにかに気づいたように首をかしげて声をかけてきた。

「おまえさんの顔……どこかで見た気がするが」

「さあな。ここにくるのは初めてだが」

うつむいたまま、血の色をしたグラスに映る自分を見つめ、カラカラと氷の音を立てながらグラスをくるりとまわす。

長めの前髪がサングラスにかかっているので、はっきりと顔は見えないはずだ。それにこの薄暗さ。こちらが何者なのかわかりづらいと思うが。

「テレビかな。サングラスをかけていても、おまえさんがめったにない美形だってのがわかる。その背の高さ、スタイルの良さからすると、モデルか俳優だろう」

「まさか」

鼻先で嗤《わら》って肩をすくめたそのとき、テレビからにぎやかな音楽が流れてきた。

『今夜の闘牛ダイジェスト』というタイトル文字。今日の夕刻、この近くの街で行われた闘牛《タウロマキア》の録画放送が始まろうとしていた。

死が見せ物になる唯一の国――スペイン。

カトリック教国のスペインでは、だいたい年に一度、各市町村でそれぞれの守護聖人にちなんだ大きな祭《フェリア》が行われる。

闘牛はそうした祭のメインイベントであり、宗教儀式のひとつだ。

はなやかな衣装を身につけた闘牛士《トレロ》が剣と赤い布《ムレータ》をもち、大勢の観客の前で、五百キロ以上の巨大な牡牛《トロ》と対峙《たいじ》し、最後に殺してしまう。そして殺された牛は解体され、食用として売られる。

一方、いつ、闘牛士も牛の角の犠牲になるかわからない危険な命がけの国技である。

この前近代的な国技は、ここ何年か、残酷すぎる見せ物として世界中から非難され、スペイン国内でも反対する声が増えていた。

「ちぇっ、闘牛の録画放送か。バカバカしい、牛を殺してなにが楽しいんだか。チャンネルを変えるぞ」

ぼやきながらマスターがリモコンをテレビにむけたそのとき、ちょうど画面に若い闘牛士の姿が映った。

すらりとした長身を淡い紫系の衣装《トラッヘ》で包んだ男。密林で息をひそめている豹《ひょう》のような、しなやかで若々しい体躯のすっきりとしたモデルのような長身の男だった。

黒い帽子《モンテラ》をかぶり、肩から正装用のケープ《カーパ》をはおっている凜々《りり》しい男の姿が少しずつ大きく映しだされていく。

番組のなかでは、アナウンサーが彼の紹介をしていた。

『今日の注目は、今、闘牛界で最も危険で華麗な技をくり広げる男、彼は死神《ムエルテ》にとり憑《つ》かれた美貌のマタドールと呼ばれ、スペイン中を熱狂させています』

光のかげんで蜂蜜色《はちみついろ》になる褐色《かっしょく》の髪と、グレーがかったヘイゼルグリーンの瞳。

一見すると、神々しいほどの美貌だ。貴族の御曹司《おんぞうし》が現れたかのような。

しかしその翳《かげ》りのある目元やシャープな輪郭《りんかく》からは、他をよせつけない野生の獣じみた荒々しさが漂う。

『優雅さと野生、神々しさと魔性……相反する魅力をそなえた二十二歳の天才。まさにスペインが理想とするマタドール――』

おおげさなアナウンサーの言葉とともにマタドールの顔がアップになった瞬間、マスターがはっと目を見ひらく。

「え……っ」

信じられないものでも見るような眼差しで視線をむけてくる。手からリモコンを落としたことにも気づかないまま。

「まさか……おまえさん……」

マスターはテレビに映っている闘牛士とこちらとを何度となく見くらべた。

――バレたか。

革ジャンのポケットから五十ユーロ札を出し、マスターの前に差しだす。

言いたいことが伝わったのか、マスターは神妙な顔でこくりとうなずき、床に落としたリモコンを拾った。そして念押しするように尋《たず》ねてきた。

「チャンネルを変えるぞ、いいか？」

ああ、と答える代わりに軽く肩をすくめる。

マスターはもう一度、テレビの闘牛士の顔をじっと見つめてたしかめたあとチャンネルを変えた。ローカルニュースの天気予報が映る。

――話のわかる男でよかった。こんなところで正体がばれては困る。

誰も自分だと気づかないところで、ひとりで静かに過ごしたい。そのためにこんな場末の酒場にきたのだから。

今もまだ、大勢の観客の前でマタドールとして『殺し』をしたときの昂揚《こうよう》と緊張感が躰から抜けきらない。

耳の奥には、ついさっきまでこの身を包んでいた喧噪《けんそう》が残っている。

熱風に砂が巻きあげられるなか、生きるか死ぬか、ぎりぎりのところにいた。

じわじわと肌を焦がす灼熱の太陽。

燃えるような陽射し。乾いた砂の匂い。吹きすさぶ熱風の重苦しいほどの暑さ。

光と影《ソル・イ・ソンブラ》のくっきりとした境界線で、赤い布を手に黒々とした巨大な牡牛を呼びよせ、すれちがいざま、その背に深々と剣を突き刺して――――殺す。

その瞬間、全身を駆け巡る緊張感と興奮。

それがいまだに躰から抜けようとしないのだ。

――今日の荒々しい牡牛……一瞬でも油断していたら、死体になったのは俺だった。

さっきの番組で、自分の死にざまが世界に発信されていたかもしれない。そう思っただけで、また血が騒ぎ始め、口元に冷ややかな笑みがうかんでくる。

この狂気じみた高ぶり。

自分は勝った、命がけの勝負に勝ったのだという実感。と同時に、どうして自分が死ななかったのか、死ぬことができたらもう二度と闘牛場に立つことはなかったのに……という、相反する感情が胸のなかでうず巻いている。

そんな状態でファンに囲まれ、愛想をふりまくことなんてできない。

もっと器用になれ、スポンサーやファンへのサービスも闘牛士の大事な仕事だ……とスタッフからよく言われるが。

――俺にはどうすることもできない。闘牛のあと、衝動をコントロールできなくなる。

どうして自分がマタドールになったのか、どうしてこんなことをしているのかさえ、わからなくなるほど。

――そんな夜はひとりになって、とことん酔いつぶれたい。あるいは闘牛を再現するような破壊的で、激しいセックスをするか。そうでもしないとこの躰の熱を冷ますことができない。

だからといって中途半端な相手ではダメだ。それなら、ひとりでぐちゃぐちゃに酔いつぶれたほうがいい。

そう、冷たいアルコールで冷やされるだけでいい。もっともっともっと深い湖に沈んでいくような冷たさに堕《お》ちていくことができれば。

そんな欲求が強く躰の奥からこみあげてきたとき——

——バイクのエンジン音？

ふと聞こえた音につられ、入り口を見ると、バルの前にバイクが停まった。

開けっ放しになった戸口のむこうに、ほっそりとした長身の体躯を黒いシャツと黒いズボンで包んだ男のシルエット。

彼がヘルメットをとると、肩まで届くような無造作に伸びた癖《くせ》のない黒髪が月の光を浴びてさらりと揺れた。

めずらしい、東洋系の男だ。中国人《ちゅうごくじん》か日本人《にほんじん》か、韓国人《かんこくじん》か。

東洋人の年齢は見当がつかないが、自分と同い年くらいか？　ミステリアスに整った風貌の若く美しい青年。

店に入ると、彼はまわりに見向きもせず、目の前を通ってカウンターの端についた。

そのとき、ちょうど闘牛場の様子がテレビに映し出され、その日の闘牛の結果を伝えるニュースが流れた。

画面をちらりと横目で見たあと、男はマスターに声をかけた。

「テレビを消してください」

マスターが、おや、と片眉《かたまゆ》をあげる。

「おまえさん、闘牛が嫌いなのかい？」

「はい」

「ただのニュース番組だ。ほら、もうサッカーに変わった」

その言葉通り、闘牛シーンはわずか二十秒ほどで終わっていた。

「わかりました。もうけっこうです」

ぼそりと呟くと、東洋人は手渡されたミネラルウォーターを飲み干し、つけ合わせに出されたハムとチーズのサンドイッチを手にとった。

スペイン語《カスティリャーノ》の発音はなかなかだ。ヒアリング力にも問題はない。ということは旅行者ではない。

こんな片田舎にいる東洋人といえば、中華料理屋の中国人か祭のときの行商人くらいだが、彼らとは空気が違う。

何者だろう。興味のむくまま近くに立つと、彼からふわりと白百合《ゆり》の香りがしてきた。教会や死を連想させる濃い花の匂い。どこか不吉そうな。煙草《タバコ》を口に銜《くわ》えかけた彼の目の前に火をつけたライターをかざす。

「あの……」

いぶかしげに眉をよせ、男がちらりと横目で視線をむけてくる。その奥二重の瞳は、間近で見ると夜の海のように感じられた。

憂《うれ》わしげな表情。ほっそりとした躰つきもともなって、東洋の美しい天人に出会ったような気分だった。

「どうぞ」

もう一度、ライターを突き出すと、男はまぶたを閉じて火をつけた。

「ありがとうございます」

顔をあげ、はらりと頬のあたりに垂れた癖のない黒髪をかきあげる。さりげない仕草《しぐさ》に加え、眦《まなじり》のラインや紫煙をくゆらせる口元が奇妙なほど官能的だ。

「中国人《チニート》、それとも日本人《ハポネス》?」

「日本です」

「スペインに住んでるのか?」

「え、ええ。まだ数年ですが」

「仕事で?」

「そんなところです」

男はさもわずらわしそうに視線をずらす。はずまない会話。他人にまったく興味がなさそうだ。だが生来、天《あま》の邪鬼《じゃく》なせいか、そうしたところに興味をそそられなくもない。

「――ところで、闘牛が嫌いみたいだが」

カウンターに肘をつき、横顔をまっすぐ見つめる。視線に気づきながらも、無視を決めこんだようにテレビのほうを向いたままだった男は、しばらくしてからぼそりと呟いた。

「すみません」

「何で謝る」

間近で顔をのぞきこむ。ちらりとこちらを一瞥《いちべつ》し、彼は言いにくそうに口をひらいた。

「スペインの文化を否定したので」

「残酷だと思ったからだろう？」

「ええ」

「観客の前で、牛を殺すからか？」

「そうですね、死や殺しを伝統や文化という言葉で認めていることに人間の傲慢《ごうまん》さを感じて。最も残酷で、命を弄《もてあそ》ぶ最低の遊戯《ゆうぎ》のように思えるのです」

最も残酷で、命を弄ぶ遊戯。たしかに理屈では彼の言葉どおりだが。

「これまでに闘牛を見たことは？」

「いえ……」

その答えに、思わず口元を歪《ゆが》めた。知りもしないのに嫌っているのか？　しかも自分がスペインの文化を否定していると自覚しながら。

――いやな男だ。わざわざ嫌いだと断言しなくても。初対面の相手なのだし、見たことがないのでよくわからないとでも言っておけばいいのに。

さっき、マスターが闘牛を好きじゃないと言ったときは何とも思わなかった。

だがそれとは違う。

まだ数年しかスペインに住んでいない外国人、しかもまともに闘牛を見たこともないやつに、残酷だと口にされて気分のいいものではない。

フンと鼻先で嗤うと、彼はちらりと横目でこちらを見た。

「気を悪くしましたか？」

さすがに気まずく思ったか、遠慮がちに訊《き》いてくる。

「気にするな。スペインにも闘牛嫌いは多い」

わざとらしいほど目を細め、相手をなごませるような笑みを作って、ぽんとその肩に手をかける。

「確実に牡牛は殺され、人間も無駄に命をかけて牛に挑んでいる。命を見せ物にするんだ、好きになれない人間がいて当然だ。そもそもスペイン人すべてが闘牛好き《アフィシオナード》だと思われても困る」

「あなたも？」

闘牛が嫌いなのですか？　というような問いかけ。思わず苦笑した。

「そうだな。俺が女だったら、闘牛士《トレロ》との恋愛だけはごめんだな」

何杯目かの酒を飲み干し、冗談めかして言う。

「そうですね。私もです。残酷な殺戮《さつりく》を行う一方で、自分の命も見せ物にして弄ぶような人間との恋愛なんて」

そうではなく『いつ死ぬかわからない人間との恋愛なんてごめんだ』と言いたかったのだが、違った意味で受けとられてしまった。

――なるほど。俺はそんな男か。残酷な殺戮を行い、己の命を見せ物にして弄ぶような。

ふいに愉快な気分になってきた。酒で酔っ払っていたというのもあるが、自分のなかの奇妙な衝動の火がついた……とでもいうのか。

――こういう生意気な牛は嫌いじゃない。ねじ伏せ、自分のものにしてしまいたくなる。堕としてやろうか、それとも犯してやるか。そんなことを考えていたとき、ふと足首になにかが触れた。

見れば、カウンターの下に小さな白い猫。じっとこちらに物欲しげな眼差しをむけてくる。毛並みの悪さ、薄汚れ加減、細い躰、よれよれとした足どり。この店に食事を漁《あさ》りにくる野良猫だろう。

「食うか？」

小皿に乗っていたバケットの欠片《かけら》をつまんで子猫の前にかざした。しかし子猫は戸惑ったような顔をしたあと、一歩、二歩とあとずさりする。

俺を警戒しているのか？

そう思い、猫の前のほうにバケットを置こうとしたそのとき――。

「――っ！」

隣にいた日本人の手が腕に伸びてきた。

「むやみに食べ物を与えてはいけません」

男の唇から出た言葉に目を眇《すが》める。

「なぜだ」

「一時の哀れみや同情で、中途半端な施《ほどこ》しを与えるのは無責任です。飼えないのなら、なにも与えないほうがいい。余計な期待をさせてしまう」

空気を切り裂くような冷たいスペイン語。発音は完璧だ。地元民のようなアンダルシア訛《なま》りもにじませている。

闘牛といい猫といい、動物の保護の仕事でもしているのか？

「それも一理ある。だがおまえの言っていることは、俺には偽善に聞こえるな」

「偽善？」

眉をひそめ、男が睨《にら》みつけてくる。それまでずっと視線をずらしていた男が初めてこちらの顔を真正面から見た。

怒らせたか？

切れ長の双眸《そうぼう》から揺らぎでてくる青白く冷ややかな空気。憎悪すら感じさせる、こちらを凍りつかせそうな鋭い眼差しに背筋がぞくりとしてくる。

すぅっと躰の熱が冷めていく気がして、口元に知らず笑みを刻んでいた。

「そう、偽善だ。今にも飢え死しそうな者は、一時の食べ物でも嬉しいものだ。それにこいつは俺に飼われることなど望んでいない。見ろ」

もう一度、足もとにやってきた子猫に、今度はイベリコハムの大きな一片を突き出す。警戒しながらもハムに近づき、それをさっと素早く指先から奪いとると、子猫は背をむけて足早に去っていった。

「あいつは食い物と引きかえに自由を捨てる気はないんだ。野良猫には野良猫の生き方がある。それなのに飼えないから、食事をやりたくないというのは人間の傲慢さじゃないのか。さっき、おまえが闘牛に対して言っていたことと同じだ」

切り捨てるように言った言葉に、男はなにもかえしてこなかった。

ただ視線をずらし、猫が去っていった方向を見つめているだけで。

その瞳に淋しげな影がよぎるのを感じ、新しい酒のグラスを口にしながらじっと彼の横顔を見つめた。

訳ありか。一見するとただの美しい日本人だが、深い闇を躰の奥に孕《はら》ませていそうだ。

彼がもう一本、煙草を唇に近づけたタイミングをみはからい、再びライターに火をつけて差しだす。

「すみません」

髪をかきあげ、ライターの先に煙草を近づけていく。その顔はもとの無表情にもどっている。さっき、一瞬だけ見せた怒りや淋しさは消えていた。

物憂げで色っぽい風貌。日本人といってもサムライ映画に出てくる武士のような猛々しさはなく、どちらかというと脇役として出てくる若い僧侶《そうりょ》か、茶道家のような、静かで禁欲的で、おごそかな空気が漂う。

だが気に入ったのはそうした静謐《せいひつ》な顔ではない。この官能的な美貌でもない。刹那《せつな》、その瞳に宿っていた冷たい影だ。憎しみとも怒りともとれる鋭利な眼差しだ。

「どうもありがとうございます」

火をつけると、彼は視線を落としたままわずかに会釈《えしゃく》した。

「礼は必要ない。下心から親切にしているだけだ」

相手の反応を見ながらゆっくりとしたスペイン語で言う。

「え……」

すでに店内に殆《ほとん》ど客がいないことをたしかめたあとサングラスをとり、マスターに二人分のサングリアを注文する。

「一杯、飲まないか。この店のサングリアはうまい」

こちらの顔を見ても、ここにいるのが、マタドールだとはわからないようだ。テレビや雑誌の表紙をよくこの顔が飾っているが、闘牛が嫌いな外国人なら、そんなものを目に留めることもないだろう。

「酒はけっこうです、バイクできているので」

「バイクに乗るのは、明日の朝、俺と一晩過ごしたあとだ。それだけあれば酔いは冷める」

彼の頬《ほほ》に手を伸ばす。東洋人特有の、しっとりとしたなめらかで潤《うるお》いのある肌だ。愛撫すると指に吸いついてきそうな。

それに、さっきからうっすらと漂う甘い百合の匂い。

子供のころ、近くの小さな教会に咲いていた花。夜になるたび、父が足しげく通っていたあの教会のまわりに。

明け方、父が帰ってくると、闇のなかから甘い芳香がただよってきていた。

そのときの匂いを咽《むせ》るように嗅《か》いだ瞬間の感覚がよみがえる。

輪郭のはっきりしない、とらえどころのない感覚。どこか不吉で忌まわしい。しかしそれでいてむず痒《がゆ》く甘く胸を疼《うず》かせる……。

「おまえと寝たい」

単刀直入、飾り気のない言葉で誘った。

「あの……」

彼の肌がぴくりとこわばる。野良猫にも似た警戒心。

目元がかすかに震えている。さっきはあれだけ鋭く冷たい光を放っていた瞳が、今は仄《ほの》かな脅《おび》えを見せている。その反応でわかった。

「おまえ、男を知ってんだろう?」

わざと甘くセクシュアルな手つきで肌に触れながら、彼の頬にかかった黒髪をゆっくりと梳《す》きあげていく。ひと言も否定せず、気まずそうに男が視線をずらす。

「なら話は早い。寝たいなんて甘ったるい誘いはやめだ。おまえを犯したい」

「……っ」

ごくりと彼が生唾《なまつば》をのむ。しばらくすると、今度は挑戦的にこちらを見あげてきた。

「それは……私が偽善者だからですか?」

生真面目ともバカ正直とも思える態度。愉快だ。妙にそそられる。

「理屈なんて知るか。ぶちこみたい相手を見つけたら、口説《くど》くのがオスの本能だろう?」

さっき闘牛場で獣を殺した。その興奮がまだ躰に残っている。だからもう一度、本能のまま激しいセックスがしたい。

命を弄ぶような人間との恋愛はごめんだと言ったこの男と。

『残酷な殺し』をしてきたばかりのこの手で、その薄い躰をねじ伏せ、その高慢な唇に猛々し

い肉塊を銜えこませ、喉がつぶれそうになるまでしゃぶらせてやりたい。そして最後に美しい顔にたっぷりと欲望をぶちまけてやりたい。

──それからあとはどうしようか。

彼の細腰に荒々しく己の肉棒をぶちこみ、腰が立たなくなるほどやりまくってやるか──と考えだけで、闘牛場にむかうときに似た高揚感が全身を駆けめぐっていく。

「日本人がめずらしいのなら私はそういう相手ではありません」

「日本人だろうがスペイン人だろうがどうでもいい。聖職者と闘牛士以外なら」

「聖職者?」

「神父は苦手だ。それからさっき言ったように闘牛士も」

微笑しながら言うと、ふと男は目を眇め、こちらの首筋に手を伸ばしてきた。

「血の痕《あと》が。これは?」

昼間の闘牛のときの傷だった。彼の指が触れると、ひりひりと疼いた。

「どうしたのですか?」

さっき、おまえが嫌いだと言っていた闘牛中にやられたものだ。殺しの寸前に牡牛とすれちがったとき、角の先が首筋をかすめていった。あと五センチずれていたら、首筋に突き刺さって俺が死んでいたかもしれないと、いちいち口にする気はないが。

「女に殺されそうになったときのものだ」

男が眉間のしわをさらに深く刻んだ。

「どうして」

「愛され過ぎて」

ほくそ笑み、冗談めかした口調で言う。

「相手の女性は?」

「殺した。正当防衛なので罪に問われなかったが」

「本当ですか?」

「さあな、どうだろう」

にやりと笑うと冗談と思ったのだろうか、彼は小さく息をついた。

「からかうにしても、もう少し言葉が…」

「事実だ。その証拠に、殺したときの興奮がこの躰に残っている」

耳元に顔を近づけ、言葉の内容とは裏腹に甘い声で囁く。

「だから今の俺が欲しいのは、気が狂いそうになるほどの快楽、それだけだ。愛や恋なんていらない。でなければ、おまえを誘ったりしない」

ストレートな言葉をうけ、男は思い詰めたような表情でカウンターに置かれたサングリアで満たされた深紅のグラスを手にとり、一気に中身を飲み干した。

「奇遇ですね」

艶のある眼差しでこちらを見あげる。わずかにひらいた花弁のような口元が濡れたままだ。そこに己の猛りをねじこみたい衝動がふつふつと湧《わ》いてくる。

「ちょうど私も熱を冷ましてくれそうな男と寝てみたかったところです」

妖艶な眼差しに吸いこまれそうになる。なにかを抱えていそうな訳ありな風情にそそられる。

「犯すぞ」

さぐるように、しかし高圧的に言う。ふっと窓に視線を泳がせ、彼はひどく投げやりな口調でひとりごとのように呟《つぶや》いた。

「犯すなんて、生ぬるい。いっそ殺してくれても」

「殺す?」

「いえ、別に。ただ……感情抜きの破壊的なセックスなら望むところかも」

彼から揺らぎでてくる歪んだ情念のようなもの。誘ったつもりが誘われているのか?

「そういう性癖なのか?」

「多分、違います」

「多分?」

髪をかきあげ、彼は虚《うつ》ろな表情でひとりごとを言う。

「わからないんです、自分でも。どうされたいのか、どうしたいのか。こんなにも故郷から遠い国にきて……ずっと彷徨《さまよ》っている。飢えて、渇いたまま」

焦点のさだまらない瞳を泳がせながら呟く彼。

どこか投げやりで人生を捨てているような口ぶりだ。他人に言えない深い闇がありそうな気配。恋愛関係で刃傷沙汰《にんじょうざた》でも起こしたのか？

いや、これ以上、訊くのはやめよう。必要ない。名前も正体も知らないまま、一夜だけのクールな関係を結ぶ。それでいい。

この男との関係をどうするかは、セックスをしてみたあとに決めれば。

「行こうか」

彼の手首に手を伸ばし、カウンターで煙草を吹かしていたマスターに声をかける。

「オヤジ、部屋を借りるぞ？」

壁に書かれた一泊分の宿泊費に、数枚の百ユーロ紙幣《しへい》を添えて差しだす。

片眉をあげて紙幣を一枚ずつたしかめると、マスターは後ろの棚《たな》からキーをとりだし、ぽんとこちらに放り投げた。

キーを指にひっかけ、こい、と目で合図すると、彼が問いかけてくる。

「名前……訊いていいですか」

偽名にしようか、それとも。

「ユベール」

本名を口にしていた。どこにでもあるような名だ。まあ、いいだろう。

「ユベール……ということは、フランスの方ですか？」

「ああ、おまえは日本人だったな？」

「ええ」

「何て呼べばいい？」

「私の名は――」

官能的な百合の香りが漂ってきたそのとき、店内に流れる妖艶なフラメンコの旋律がいっそう激しくなり、甘美な媚薬のようにユベールの耳に溶けていった。

†

これでよかったのだろうか、この男についてきて。行きずりの男との情交は初めてではない。それなのに心のなかの自問が止まらない。

とまどいと不安を抱えながら、知りあったばかりの男に従って、牧原颯也《まきはらそうや》はスペインの片田舎にある安宿の階段をのぼっていた。

――本当は……海に行くつもりだった。

ここからバイクで二時間ほど南西に向かえば、断崖《だんがい》のある海辺にたどりつく。

けれど喉の渇きを埋めるために寄った酒場で、このユベールというフランス人に声をかけられてしまった。

颯也がスペインにきて五年以上になる。

ふだんは神学生として、セビーリャ郊外の、めったに外部の人間がこない修道院で大勢の修道士や神学生とともに修道生活を送っている。

昼のうちは他の人間に交じってまじめに聖務をこなしているものの、時折、ふっと一人になりたくなり、買い出しを理由にバイクを借りて今夜のように修道院を抜けだす。

適当な相手と一夜だけの快楽を貪るときもあれば、ひたすら遠くにバイクを走らせるときもある。神学生なのに、なにをやっているのか——という罪の意識はない。むしろこうでもしなければ、どんどん自分を穢《けが》したい衝動を抑《おさ》えることができない。

たとえそれが罪深い背徳的行為だとはわかっていても。

だけど今夜は、そんなことをするつもりはなかった。海に行こうと思っていたのだから。それなのに。

「ここだ、こい」

ユベールにうながされて入った部屋の中央には、古めかしい木製のダブルベッドが置かれ、白い壁にはキリストの絵が飾られていた。

窓の外には赤茶けた大地と枯れたヒマワリ畑以外になにもない荒涼とした風景。

日本よりも湿度のないスペインの夜は、昼の熱気がウソのように甘やかな静けさに満ちる。

空には今にも降ってきそうなほどの星々。澄みきった月の光がすみずみまで照らしだし、どこまでも仄明るい。

部屋にも月の光が入りこみ、ふたりを青白く浮かびあがらせている。相手の姿がはっきりと見えるせいか、今、こんなところにいていいのかという現実にふと立ち戻りそうになった。

「服、脱げよ」

じっと颯也が窓に視線をむけていると、男が声をかけてくる。

「ええ」

颯也はシャツのボタンに手をかけ、無造作に上着をとる男の姿をじっと見つめる。

シャープさと甘さと混ぜあわせたような容姿からは、フランスの貴族だといわれても疑わないような神々しい優雅さが漂う。けれどその瞳や躰から放たれる空気に、悪魔的な翳りもにじんでいる。

あきらかに他の人間とは違う、他を圧倒するような冒しがたい美しさとオーラ。

モデルか役者か？　いや、それにしては他人の目に対してあまりにも無防備だ。それにその身の奥に、もっと野性的な荒っぽさを孕ませている。

何者だろう。こんなところでわざわざ自分のような初対面の東洋人を誘わなくても、夜の相手に困っているようには見えないが。

そんな疑問を感じながらボタンをはずすと、すぅっと冷たい空気が入ってきた。

夜が深まれば深まるほど、湿気のないこの国の空気は急速に冷えていく。思っていたよりもずっとひんやりした外気に身震いをおぼえる。

「早くしろ」

腕を引っぱられ、シャツがはだけたままの格好でベッドに仰向けに投げだされる。男がのしかかってくるのを反射的に止めようとしたが、無駄な抵抗だった。

「颯也……といったな。ずいぶん警戒しているようだが、本当に破壊的なセックスがしたいのか？」

両肩を押さえられ、舐《な》めるような眼差しで凝視される。躰にかかる重み。じっとその宝石のようなヘイゼルグリーンの瞳で見られていると、奥底まで見透かされるような気がする。

「多分」

本当に破壊的なセックスがしたいのかと言われたら、自分でもよくわからない。

今夜は別に男と寝るつもりなどなかったのだから。ただ誘われたとき、ふとなにもかも忘れるようなことがしたいと思っただけで。

「曖昧《あいまい》だな、いっそ殺してもいいと言ったくせに」

「そう……ですね」

それは最初に闘牛の話をしたときの、この男の反応が印象的だったから。

『俺が女だったら、闘牛士《トレロ》との恋愛だけはごめんだな』

本気なのか冗談なのか、棘のある口調でそんなことを言った。ずっと温和な言葉遣いだったはずの、この男の口調がそのときだけ、ひどく冷たかった。理由はわからないが、この男もあしたものを嫌うなにか理由を抱えているのだろうか。

命を弄ぶ職業——闘牛士。

獣の命を確実に奪う一方で、人間もいつ死ぬかわからないのが闘牛だ。

平和な社会のなかで、見せ物として存在する国技。そんなことを職業にする人間。その個人がどんなに魅力的でも、闘牛士を好きになることはないだろう。そう思った。

それ以外にも猫が現われたとき、偽善者と言われたのも深く胸に突き刺さった。

『食い物と引きかえに自由を捨てる気はないんだ。野良猫には野良猫の生き方がある。それなのに飼えないから、食事をやりたくないというのも人間の傲慢さじゃないのか』

自由を捨てる気はない……か。

野良猫の気持ちなど、考えたこともなかった。

自分が飼えないから食事を与えてはいけない、相手に下手に期待させてはいけないなどというのは、ユベールの言うとおり、人間側の勝手な理屈かもしれない。飼えない自分を正当化したいだけの言いわけ。

——だから失敗したのだろうか、日本での人生に。

今朝、日本にいる弁護士から届いた一通のEメール。それが今も頭から離れない。

『残念なお知らせをしなければならなくなりました。あなたの事件が近所の人たちに知られてしまったようで、もう一度お母さまがお引っ越しされることになってしまいました』

残念な知らせ。哀しい知らせ。心苦しい知らせ。

また母と妹に迷惑をかけてしまった。なにかあったら知らせて欲しい、些細《ささい》なことでも……と頼んでいるが、そのたび、果てしない自責の念に駆られる。

日本には戻れない。そんな資格はない。幸せになってはいけない。この世の喜びも愛も恋も捨てて生きていくのが自分の唯一の生きる道だ。

そう己に言い聞かせ、人のこないひっそりとした修道院で五年以上も暮らしてきた。それなのにまだ彷徨っている。心も、そして自分自身も。

「わからないんです、自分でもよく。破壊的なセックスがいいのか、殺されるのがいいのか。でも欲しいものはあなたと同じで……気が狂いそうなほどの快楽、それさえあれば」

虚ろな声で言う颯也を、ユベールは冷ややかに見下ろしている。

こんなふうにベッドでむきあっていても、この男の目はひどく冷静だ。これから性行為を行う相手への、本能的で、生々しい欲望など微塵《みじん》も感じさせない。

「そうだな、それさえあれば……セックスはうまくいったも同じ」

言葉もひどくおちついている。その眼差しはこちらを観察しているようだ。彼は表情を変えないまま、ゆっくりと指先で颯也の頸動脈《けいどうみゃく》のあたりをなぞり始めた。

「……っ」

皮膚に触れてきた指先も冷たい。けれどその冷ややかな指先に心地よさを感じて、肌がひりついたようにわななく。

指でかすかに皮膚を押さえたあと、ユベールは手のひらで首筋を圧迫してきた。

「折れそうな細さだ」

無表情だった男が、うっすらと嗜虐的《しぎゃくてき》な笑みを口元に浮かべ、手に力を加えていく。苦しさを感じる前に、背筋にぞくりとした痺《しび》れを感じた。

このまま殺されるのだろうか。

少しずつ長い指が喉の皮膚に喰《く》いこみ、颯也は息苦しさにあえぎ始めた。

「ん……っ……ぐ……っ」

苦しい。呼吸を求め、颯也の細い躰はシーツの上で陸にあがった魚のようにぴくぴくと痙攣《けいれん》し始める。しかしたまらず顔を大きく歪めたそのとき、ふいに喉から彼の手が離れた。酸素《さんそ》を求め、胸をあえがせる。

「思ったとおりだ、その苦しそうな顔……そそられる」

まだ意識がぼんやりとしている颯也の両肩を押さえ、ユベールはなまめかしい視線を投げかけてきた。

「そうやって女も殺してきたのですか?」

ユベールが形のいい目を眇める。

「いや」

かすかに肩をすくめ、ユベールは颯也のはだけたシャツのすきまに手を差し入れてきた。

「こうやって……殺した」

ひんやりとした指先で乳首をきゅっと摘《つ》まみあげられる。たったそれだけのことなのに、全身にざっと甘い痺《しび》れが走った。

「……っ」

たまらず息を詰めた颯也を見下ろし、ユベールはさらに指に力を加えてきた。

彼の爪が敏感な部分の皮膚に喰いこんでいく。その刺激に、肌が総毛立つ。ぷっくりと乳首が膨《ふく》らみ、下肢には熱っぽい疼きが生じ始めた。

「感じやすい躰だな」

ふっと揶揄《やゆ》するように言われる。深く腹の底に響きそうな低い声だった。

「私を……殺さないのですか？」

ユベールはおかしそうに笑った。

「つまんないじゃないか、命に執着のないやつを殺すなんて」

颯也は目を細めた。ずいぶん鋭い。頭がいいのかカンがいいのか、それとも苦労の多い人生を歩んできたのかわからないが、人生の酸《す》いも甘いも熟知したように老成している男だ。

「俺が燃えるのは、生きたい愛したいとあがいているやつだ。そのために俺を殺そうとする相手を前にすると殺したくなるほど燃える」

剣を突き刺すように颯也の心臓の上を指で差し、男が凄絶《せいぜつ》に美しい笑みを浮かべる。

つられたように颯也も笑った。なにがおかしいのかと片眉をあげたユベールに、颯也は静かに言った。

「歪んだ男は嫌いじゃないです。むしろそのほうが……いい。お互いさまですから」

「たしかに……おまえもずいぶんやんでそうだな」

小気味よさげに笑うと、ユベールは颯也にのしかかったまま半身を起こし、シャツのボタンを外し始めた。

月の光が部屋を青白く染め、海の底に沈んでいるような錯覚を感じる。時折、外を通る車のライトが、男の姿をスポットライトとなって照らしていく。

壁に刻まれた彼のシルエットは、ゆったりと地中海《ちちゅうかい》を遊泳する魚類の影を思わせる。

ぞんざいにユベールがシャツを脱ぎ捨てる。

美しいラインを描いた男の裸身が仄明るい暗闇に浮かびあがった。

一切の無駄のない肉体が月明かりを反射する。

しなやかな筋肉で形成された肩や上腕、それに胸板……。

腰にむかってひきしまっていく上半身。腹直筋《ふくちょっきん》や腰骨《こしぼね》には官能的な陰翳《いんえい》がうっすらと刻まれている。

前からだけでも、どれほど美しい背中や腰のラインをそなえているのか想像できた。けれど颯也が目を奪われたのは、その神々しい体躯ではない。首筋の傷痕以外にも、その肉体のあちこちに似たような傷痕が残っていることだ。

鎖骨《さこつ》の下や二の腕、肘に、鋭い刃物で抉られたような痕。

心臓のあたりや左腹部には、ゆうに二十センチは超える縫《ぬ》い痕がざっくりと刻まれている。

しかも新しいものや古いものがとり混ざっていた。

本当に女に殺されそうになったのだろうか。こんなに何度も。

——今夜、この男の誘いに乗ったのは……彼の躰についた傷が気になったせいだ。闘牛や猫のときの会話だけでなく。

そんな傷をつけられながら、どうして平然としていられるのか。一体、その傷のむこうになにがあるのか、それが知りたかったのかもしれない。

「あなたは……どんな血を流したのですか?」

「血?」

「いえ、あの……これも……殺されそうになった傷ですか?」

その胸に手を伸ばし、彼の乳首の下の縫い傷をゆっくりと指先でなぞっていく。

ずいぶんと深い傷だ。致命傷にならなかったのか?

「そうだ」

ユベールは冷ややかにほほえみ、颯也の手をつかんだ。そのまま半身をひき起こされ、背中を抱きこまれる。顔が近づいてきたかと思うと、包みこむように唇をかさねられた。

「……ん……っ……」

口内に入りこむ男の存在。そういえばこんなキスは何年ぶりだろう。侵入してきた舌に舌を巻きとられるうちに頭がぼんやりとなっていく。

顔の角度を変えてくちづけするうちに、じわじわと躰が熱くなっていく。全身がむず痒くなり、熟れた果実の実を転がすようにやわらかく舌を搦《から》めあう。

「ん……」

濃密なくちづけのあと、唇を離すと、ユベールはかすれた声で囁《ささや》いた。

「百合……おまえから百合の香りがする」

二人の唇に馥郁《ふくいく》とした香りが溶けている。甘くてやわらかくて、毒のように狂おしい百合、それから乳香の匂い。

「百合は……嫌いですか？」

囁くように問いかけると、ユベールがヘイゼルグリーンの瞳をうっすらと細める。

「いや……くる、やばいほど」

彼がもう一度唇を重ねてくる。

甘く、濃厚で、蕩《とろ》けそうなほどのくちづけ。乳首のあたりをまさぐる手に誘導されるように颯也はその背に腕をまわしていた。

やがて躰を押し倒され、男の重みを感じながら、颯也はゆっくりと目を閉じていった。

窓の下を通り過ぎる車のライトが、海の底に届く光のようにゆらゆらと揺らめいているのを感じながら。

2　夜のしのび逢い

冬のアンダルシアは曇《くも》りの日が多い。風も強く、夏の暑さがウソのように肌寒い突風が吹き荒れる。

ここ――ポルトガルの国境にほど近い人里離れた男子修道院にも、夜でも荒涼としていることがわかるような風が吹きぬけていた。

そんな修道院の片隅にある老人用の医療ホーム。そこは世界各地で宣教《せんきょう》してきた神父たちが、余生を過ごすために作られた場所である。

五年と数カ月前、日本からここにやってきた颯也《そうや》は引退した老神父たちの世話をしながら、神学生として、祈り、奉仕活動、聖書の勉強をする日々を送っている。

「颯也、消灯確認の時間ですよ」

一階の奥にある厨房《ちゅうぼう》で食事の片付けをしていると、ちょうど廊下を通りかかった先輩の神学生が声をかけてきた。

――もうそんな時間か。

夕飯の片付けと洗濯物のアイロンかけを終えると、颯也はローマンカラーの黒い上着を身につけ、消灯の確認にむかった。

廊下に出ると、ほっそりとした影が中世から変わらない石造りの回廊に刻まれる。建物はすべてロマネスク風。壁中を彩《いろど》るフレスコ画。敷地のなかにいると、中世のスペインに迷いこんだような気になってくる。

けれどそれとは裏腹に塀の外にはどこまで乾いた風景が広がっている。こんなところに五年以上もいると、自分が生きているのか死んでいるのかさえわからなくなってしまう。日本での生活から逃れ、ここにやってきたというのに。このまま朽《く》ち果てても、どこかに消えてしまってもいいような気持ちになることもあった。

——だけど……今、それはない。ユベールと会うようになってからは。

名前しか知らないフランス人。

颯也が彼と知りあって四カ月が過ぎようとしていた。

最初は一夜だけのつもりだったのに、翌朝、もう一度会う約束をし、メールアドレスを交換してしまった。

それからはそれぞれの空いている日を選び、十日か半月に一度の間隔であの酒場で待ちあわせるようになって。だが十二月から一月の中旬くらいまでは時間がとれないというメールがきていたため、しばらく会っていない。

——ちょうどよかった。クリスマスは教会行事が忙しくて時間を作れなかったから。

年も明け、この週末、ひさしぶりにユベールと会うことになっている。

優雅な貴族のような雰囲気。しかしその若さからは想像もつかないほどの不敵な雰囲気がにじみでている。

あきらかに人生の修羅場をくぐりぬけて生き抜いてきたような不思議な空気に惹《ひ》かれ、関係を続けていた。

だけど気持ちが入りこむ前に離れなければ……と、常に己に言い聞かせている。

そうやってホームにいる老神父たちの部屋を一室ずつ見てまわり、最後にいつものように一番奥にある副院長をつとめるフリオ神父の寝室を訪れる。

「お世話にまいりました」

ノックをし、なかに入ると、漆黒の神父服を身につけた五十代半ばのほっそりとした男性がゆったりと車椅子に座り、オーディオから流れる音楽に耳をかたむけていた。

「遅かったな」

「すみません、今からお世話を」

フリオは三十年前に東京《とうきょう》に派遣され、神学校で教鞭《きょうべん》をとりながら宣教活動を行っていた。

両親がその教会の信徒だったこともあり、颯也も生まれてすぐ洗礼をうけ、フリオとは顔見知りだった。老人というにはまだずいぶん若いが、火事で盲目になり、さらには足腰を痛めたため、故郷のスペインに戻ることにしたのだ。

颯也はそのとき、一緒にスペインにやってきた。ここに住む老神父を始め、彼の世話をすることを目的に。二日に一度、彼の入浴を手伝い、手紙の朗読や書類の代筆を行うのが仕事となっていた。

「最近はおちついた生活を送っているな。一時はよく抜けだしていたようだが」

机の上の書類を整理していると、音楽を止め、フリオ神父は静かに話しかけてきた。

「すみません」

「謝る必要はない。それはおまえの問題だ」

彼は颯也の外での行状に、薄々は気づいている。けれどそれを聞きだそうとはしない。告解《こっかい》を待っているのかどうかは知らないが、戒律《かいりつ》に反しているとして叱《しか》ることもない。

「そうだ、今日はおまえに大切な話があった。先ほど、院長がここにいらしてね」

「大切な話ですか？」

「ああ、四月の復活祭のとき、助祭《じょさい》の叙階式《じょかいしき》をうけてみないか」

「待ってください、そんな……私はまだ決意が」

「私はセビーリャの慈善救済病院の院長になることが決まった。おまえも一緒に連れていきたい。そのとき助祭になり、ゆくゆくは司祭《しさい》になる覚悟を」

「司祭……」

スペインにきて、五年と数カ月。

最初は神学生見習いとして始まり、三年前に司祭候補の認定をうけ、正式な神学生として、ローマンカラーの詰《つ》め襟《えり》を身につけるようになった。

けれどこのまま助祭になっていいのかどうか。過去への罪の意識からのがれるようにここにきたが、こんな自分に果たして神父がつとまるのか。

フリオの世話を終えてホームの外に出ると、颯也はひとけのない屋上にあがって煙草を口に銜えた。風が強く何度目かの点火でようやく煙がくゆる。肺まで吸いこみながら、石造りの手すりにもたれかかった。

——助祭……か。

迷う以前に何でこんなところにいるのだろうと思う。神父になるつもりはなかったのに。ただ行き場がなかった。日本での罪。それがあまりにも重くて……なにをしていても心が苦しい。自分を堕としたい衝動がおさまらないのだ。


事件は、六年前、颯也が鑑別所で刑務官として働いていたときに起こった。

幼い頃、カトリック系の学園の事務員をしていた父親を病気で亡くしていた颯也は、高校卒業後に、法務省を受験して刑務官となった。

まわりからは進学をすすめられたが、家に蓄《たくわ》えがないこと、五歳年下の妹の将来や、教会附属の保育所で細々と働いている母のことを考えると、一刻も早く安定した職業につくべきだと思ったのだ。

刑務官の道を選んだのは、カトリックの熱心な信者だった両親の影響もあった。人を憎むのではなく、罪を憎め。どんな人間に対しても慈愛を。他者のために奉仕することができる人間に……。

そんな言葉を聞きながら育てられ、なにか人の役に立つ仕事につきたいという気持ちもあり、罪を犯した人たちを更生《こうせい》させる施設で働こうと思ったのだ。

母が通っていた教会のフリオ神父が教誨師《きょうかいし》として少年院や刑務所に顔を出していたことから、罪を後悔している人々がどれほど苦しんでいるかという話をよく耳にしていた記憶があったからというのもある。

しかしフリオ神父は颯也が刑務官になることにいい顔はしなかった。

「おまえは優しすぎる。幼いときに父親を亡くしたあと、わがままも言わず、母親と妹のことばかり考え、今回も自分を犠牲にして進学をあきらめた」

「いえ、自分を犠牲にしたつもりはありません。母や妹が幸せになることが私の幸せでもありますから」

「だからだよ。おまえは昔からそうだった」

「え……？」

「クリスマスやイースターのとき、プレゼントの数が足りないと、必ず自分の分を他人に与えた。イジメを庇《かば》って被害者になったことも、試験のときにノートを貸して困っていたこともあった。おまえは人から頼られると、自分を犠牲にしてでも助けようとする。相手の罪も赦《ゆる》してしまう。優しくて弱い。それは尊《とうと》いことだが、おまえのようなタイプの人間に刑務官という仕事はむいていないと思うよ」

優しくて弱い。

その言葉の本当の意味をまだ十八歳の颯也は理解できなかった。そして変な思いこみをしてしまった。

優しくて弱いのなら、優しくて強い人間になろう、と。

その後、法務省に入ると研修を経て、あちこちの施設をまわり、少年鑑別所の勤務についたのは二十三歳になったとき。

そこで颯也は己の無力感と現実の厳しさを思い知ることとなった。

親からの虐待《ぎゃくたい》や社会的弱者としての人生に深く傷つき、あげくの果てに犯罪を犯す者。

人間としての最低の教育すら受けていない子供たち。麻薬にむしばまれている未成年、数え切れない相手に売春して妊娠と中絶をくりかえしていた少女。

その過酷な現実を前に、颯也はなにもできない自分の無力さを噛《か》み締《し》めることになる。

優しくて弱い。ふとフリオ神父の言葉を思いだし、強くならなければ、がんばろう、と己に言い聞かせる毎日。

そんなとき、颯也は有沢悟《ありさわさとる》の担当となった。

有沢は暴力団絡みの傷害事件と麻薬の売買といった罪で鑑別所に送られてきた十七歳の少年だった。

大柄で、長身。シャープな風貌。初めて会ったとき、一重《ひとえ》のつりあがった目でじっと睨みつけられ、正直、怖いと思った。

けれど怯《ひる》むわけにはいかなかった。

親からの虐待。養護施設からの脱走。果ては暴力団に入って麻薬の売人をするようになった。だが幹部に裏切られ、一人だけ責任を負わされて捕まりそうになった。しかし警察官を殴って逃走。最終的には逃げ切れなかった。

麻薬取締法違反《まやくとりしまりほういはん》、公務執行妨害《こうむしっこうぼうがい》、それから傷害……。

最初は他人をまったく信頼していない、警戒心の強い野良犬のような目をしていた。これまで何人もの大人から傷つけられたせいか、最初のうちは話しかけても無視され、なにを質問してもまともに答えてもらえることはなかった。

それでも熱心に彼に話しかけているうちに、少しずつ口をきいてくれるようになった。

初めの頃は颯也を睨みつけていた彼の顔が次第に照れたような仏頂面に変わり、やがてこちらの出方をたしかめるような、なにかしら気になるものを見るような目に変わっていった。

「教官は俺の味方なんだ」

「もちろんだよ」

「なら、助けてくれ。俺、本当はまともな人生を歩みたいんだ。ちゃんと学校にも行きたいし、ふつうの仕事がしたい」

祈るような声。

何とかして彼を助けなければという気持ちになり、おそらく教官という立場以上に、彼の相談に親身になるようになってしまった。

彼にとっては、初めてまともに話を聞いてくれる大人だったのだろう。そうして心をひらいてくれたのがうれしくて颯也は必死に彼の相談に乗った。

結果的にそれが彼の執着を生んでしまったのだ。

やがて彼は少年院に送致《そうち》されたが、模範的《もはんてき》な態度と更生の意志が認められるとして、早々に社会に出てきた。

けれど世間は甘くない。少年院出身の元暴力団員というレッテルに、彼は激しく苦しむことになる。

保護観察官の指導のもと、自動車部品工場の寮に住み、働きながら夜間高校に通いだしたものの、工場でも学校でも暴力事件を起こし、少年院に戻されるかもしれない――有沢が颯也に会いにきたのはそんな状態のときだった。

名前も自宅も教えていなかったが、彼は鑑別所の勤務を終えて、出てくる颯也のあとをつけてきたのだ。

「教官、助けてくれるって言っただろ」

いけないと思いながらも、しばらくフリオ神父の教会に彼をあずけることにした。離れの客間を借り、そこで彼とじっくりと話をするつもりだった。けれど。

「好きだ、教官。教官だけだから、俺のこと人間扱いしてくれる大人は」

傷ついた彼を慰《なぐさ》めているうちに、床の上に押し倒され、抵抗しようとしたところを殴られ、そのまま抱かれた。初めての経験だった。

こんなことをしてはいけない。突き放すのも大事なことだ。

何とかしなければと思うのに「俺の味方だって言ったよな?」とすがられると、また彼が人に裏切られたと考え傷ついてしまうと思い、断ることもできず、ずるずると関係を続けてしまった。

愛はない。だけど助けたいという気持ちはある。それだけでセックスをしていいのか、ましてや同性同士で。

最初のうちは殴られながらの、レイプだった。幼いときから暴力をうけて育った彼は、そういうやり方でしか感情を表に出せなかったのだろう。

恐しさもあり颯也が抵抗しなくなると、やがて有沢は甘い愛撫や奉仕をしてくるようになった。

暴力のまま抱くのではなく、相手に優しくする。

そのことを彼が意識し始めたことが、少し嬉しくて、何とかそこから彼が更生できないかと思うようになり、彼との関係を受け入れることにした。

やがて颯也の肉体も快楽をおぼえだし、甘い反応を示すようになると、それがわかったのか、有沢は「よかった、教官が嬉しいと俺も嬉しいよ」と言って、ますます颯也の躰に肉の悦《よろこ》びを教えこもうとした。

若い男の際限のない欲望と、狂気にも似た執着。

いつしか有沢は更生する意志を見せなくなり、教会の物置で颯也との肉体関係に溺れるようになってしまった。

このままだとダメになる。そう思った颯也は思い切って鑑別所の先輩に相談した。彼の名や細かなことまで口にしなかったが、これまでに担当した少年少女に頼られたことはないか、そうしたケースにはどう対処していいのかを尋ねたのだ。

しかし有沢の事情を知っていた先輩は、それが誰のことかすぐ気づいたのだろう。ほどなく有沢の保護司に連絡がいってしまった。

「困ります。今、保護司のところに戻すのは。そんなことになったら、また彼が人から裏切られたと人間不信になって更生が遅れる可能性が」

「牧原教官、同情は禁物だ。このままだと、きみは免職だ。保護観察期間中の少年を匿《かくま》うなんて犯罪だぞ。教会の神父にも迷惑がかかる」

免職……。そうなったら、母や妹の生活はどうなるのか。それにこのままだとフリオ神父にも累が及ぶ。それを思うとなにも言えなくなった。

結局、有沢は連れ戻されることになった。

「いやだ、帰りたくない。教官と一緒でないと、俺……生きていけない」

必死にすがりつく有沢の姿に胸が痛んだ。

でも必要以上の同情はよくない。愛してもいないのに、肉体関係を続けるのもまちがっている。そう自分に言い聞かせ、きっぱりと彼を突き放したのだ。

「だめだ、保護観察期間が終わるまで、きみは大人しくしているんだ。でないとまた少年院に戻ることになるぞ。私は教官としてそれだけは避けたいと思っている」

その言葉を聞いたときの、有沢の絶望した眼差し。

張り詰めていた糸が切れてしまったのか、ひどく無気力な表情で彼は保護司とともに教会をあとにした。

これでよかったのか、彼のあきらめたような眼差しを見ているうちに無性に不安になった颯也に、フリオ神父が心配して、告解をしないかと言ってきた。

告解。罪の告白。熱心な信徒ではなかったが、その夜、颯也は教会に泊まり、有沢との関係をふくめ、フリオ神父にこれまでのことをすべて告白した。

「颯也、おまえの罪は優しすぎることだ。もっと強くなりなさい。そんなことでは、本当に大切なものを守ることができないぞ」

その言葉が胸にしみた。もっと強くなろう。そう決意した夜、事件が起きた。

有沢は再び逃亡し、教会に火をつけて颯也と心中しようとしたのだ。

彼を匿っていた離れに颯也を呼びだすと灯油を撒《ま》き、有沢はそこに祭壇のろうそくを投げつけた。あわてて消そうとしたが、後頭部を殴られ、颯也は床に倒れた。

「教官まで俺を裏切った。もう誰も信じられない」

そして颯也の前で、彼は自分の首の頸動脈を切ったのだ。

雨のように血が流れ落ちてくる。

朦朧《もうろう》とする意識のなか、彼の絶望的な声が耳に刻まれた。

離れが火に包まれ、有沢は颯也にのしかかるようにぐったりと倒れて絶命した。

「颯也っ！」

そのとき、火災のなかから颯也を助けようと飛びこんできたのがフリオ神父だった。彼は焼け落ちた天井で腰を強打して歩けなくなり、さらには視力を失ってしまった。

——すべて私のせいだ。有沢は死んでしまって……フリオ神父にはとりかえしのつかない障害を負わせてしまった。

病院で目覚めたとき、事件は大きな騒ぎになっていた。保護司の車に乗りこんださい、有沢が言ったひと言。それが問題になったのだ。

『教官に裏切られた。あんなに深く愛しあっていたのに』――という。

警察にもマスコミにもいろんなことを訊かれたが、彼を死なせてしまったことやフリオ神父に迷惑をかけた自責の念に嘖《さいな》まれ、自分に有利になるようなことは口にできなかった。

「すみません、すべて私の責任です」

そう言って、頭を下げることしかできなかった。

鑑別所の教官と少年の不道徳な恋。

少しばかり人目をひく颯也のルックスがマスコミの興味をそそったことも加わって、同性の未成年をたらしこんだ魔性の刑務官として話題になり、ネット上に写真が出まわった。

マスコミは死んだ有沢に対してはムチ打たず、社会の犠牲になった少年としてきわめて同情的な記事を書いた。

それはよかった。しかし反対に颯也が世間の非難を集中砲火のように浴びてしまうことになった。

颯也は法務省をやめ、母は自宅を売り、妹の香帆《かほ》を連れて地方都市に引っ越さざるを得なくなった。

「悪いけど、颯也、あなたとはもう一緒に暮らせないわ。香帆の将来を守りたいの」

母は転居先を颯也に教えなかった。

あとになってその理由を聞いて愕然《がくぜん》とした。香帆が学校の帰りに事件のことでからまれ、集団レイプされそうになったと。

自分なんて生きていても仕方ないような気がして、颯也は死ぬことを考えた。そんなとき、手を差し伸べてくれたのがフリオ神父だった。

『故郷のスペインに戻ることにした。颯也、一緒にこないか。修道院でちょうどボランティアをさがしているんだ。衣食住と静かな生活くらいしか保証することはできないが』

自分のせいで彼は盲目になってしまった。そのうえ歩行も困難になって。

せめて彼に尽《つ》くすことが自分の贖罪《しょくざい》になるのではないか。そう思い、颯也はスペインにむかう決意をした。

それが五年数カ月前のことだった。その後、『祈りの生活に入ってみなさい。俗世から心を切り離して』とフリオ神父に導かれ、神学生見習いになる決意をしたのだった。

けれど事件から六年経った今も、まだ心が晴れない。

そんな自分が神父になっていいのか迷っている。

ひとりの人間を死なせてしまったというのに。しかも尊敬するフリオ神父の足と目を奪ってしまった。

だからフリオ神父のために生きようと思うのだが、時折、この残酷な現実を受け入れるのが辛くて、ふいにこの世から消えてしまいたくなる。

昨年九月――ユベールと出会ったのもそんな夜だった。

――助祭に……。

フリオにそう言われたその週の土曜、一カ月半ぶりにユベールと会った。

下の酒場《バル》から聞こえてくるメランコリックで切なげなフラメンコ音楽。甘やかな、官能的な歌声を耳にしながら、薄暗い室内でけだるい時間を過ごす。ぽとぽとと水滴が落ちる水道。何度となく体内に熱っぽい液体を注ぎこまれ、今夜は身動きする気にならない。

「……俺以外に男がいるのか？」

隣に横たわった男がふと問いかけてきた。その言葉に何と返事をしていいのか。

「どうしてそんなことを」

「何となくそんな気がした」

「どっちでもいいでしょう。たがいのことは詮索《せんさく》しない約束です」

ユベールに背をむけ、情交のあとの倦怠感《けんたいかん》に浸《ひた》るようにまぶたを閉じる。するとぎしっと音を立てて男がベッドから降りた。

「もう？　まだ二時なのに」

颯也はふりかえった。

「朝の飛行機でコロンビアにいく。朝までにマドリードの空港に戻らないと」

「コロンビアというと、南アメリカの?」

「ああ、一昨日、一時帰国したが、この時期は、メキシコやベネズエラ、それからペルー、エクアドル、コロンビアといった中南米のどこかで仕事をしている」

日本人の颯也には縁の薄い国々だ。だがスペインは十六世紀から三百年以上、ブラジル以外の諸国を植民地にしてきたこともあって、それらの国々との関わりが深い。

——コロンビアやメキシコ……マフィアや麻薬で有名な国だ。躰に残る傷痕の数々も気になる。麻薬の運び屋でもやっているのだろうか。

だがこれだけの美貌や圧倒的なオーラを放つ男、空港の税関でもさぞ目立つだろう。マフィアの運び屋には不向きだ。多分、なにかかくしている。もちろん、こちらも神学生だとは言っていない。ただの商社マンだと偽っている。

同じように彼も嘘をついているかもしれないが、彼が口にしない以上は知らないほうがいい。いつでも気軽に離れられ、何の感情も入れず、セックスをしたいときにだけ会う。それ以上の関係になるのはごめんだ。怖い。

「じゃあ、帰国が決まったら連絡する」

シャツをはおったユベールの腰骨に、また抉れたような傷ができていた。

「これは？」

躰を起こし、颯也は指を伸ばした。ユベールはその指をつかみ、そこにキスをしてきた。

「言っただろう、前に。女に殺されそうになった、と」

「でもこれは最近できた傷です。これまで見たことはない」

枕元の明かりをつけようとした手を止められ、ベッドに腰を下ろした男に背を抱きよせられる。

「たがいのことは詮索しない約束、だろ？」

「あなたのことを知りたいからたしかめようとしたんじゃないんです。ただあなたの傷が気になって。だいいち私とこんなことをしているひとが刃傷沙汰を起こすような熱い関係をもった相手がいるようには……」

なにを言っているのだろう、自分は。深入りしたら、またとりかえしがつかないことになるかもしれないのに。

「特定の相手はいない。この傷をつけた相手も本当は恋人じゃない。俺は単なる殺し屋だ。恋人を愛するときのような気持ちで、相手を殺しているだけの」

殺し屋――――では運び屋ではなく、マフィアの殺し屋ということなのか。

「肝《きも》がすわっているな。殺し屋だと聞いても、顔色ひとつ変えないとは」

「何となく納得したので。あなたはとても優雅で美しいけど……なにかそれだけではない翳りがあるから」

「それならおまえこそ。なにか仄冥い翳りが見える。なにを抱えている？」

耳元に顔を近づけられ、鼓動がトクトクと音を立てて脈打つ。

——なにを抱えて？

さぐるようにその顔を見あげると、ユベールは切なげに目を細めた。

「破壊的なセックスがいい、躰の関係しかいらないと言いながら、俺の傷痕に妙にこだわる。だが別に俺に興味があるわけじゃない。おまえのなかにある誰か別の人間の影がそこにあるからだろう？」

いつになく踏み込んだ言葉に、颯也はこめかみを震わせた。

「男の影が見える。愛しているのか？」

ユベールは颯也の肩をつかみ、たしかめるように瞳をのぞきこんできた。声にはかすかな苛《いら》立《だ》ちが含まれている気がした。

愛している？　誰を？　有沢を？

「好きな相手がいたらあなたと寝ません。言ったでしょう、快楽以外はなにもいらないと」

「それでいいのか？　いつも俺に助けを求めているような目をむけるくせに」

「私が？」

「ああ」

颯也の頬にユベールが手を伸ばしてくる。大きな手のひら。手首にも新しい傷痕がある。その手に唇を近づけようとした顎《あご》をひきあげられ、颯也は唇をふさがれていた。

舌が絡《から》まりあい、颯也の口腔にユベールの熱がはいりこんでくる。

唇に溶ける熱のむこうから、昼間、修道院でくゆらせていた乳香の匂いが広がり、胸を狂おしくさせてしまう。

「……ん……っ」

有沢の事件があって以来、こんなに誰かと続けて会ったことはない。

殺し屋――本当なのかどうか。しかしその傷痕、この男が漂わせている危険な香りから想像すると、堅気《かたぎ》でないことだけはわかる。

もともとその躰からにじみ出る翳りに惹かれたのだから。

「颯也?」

颯也の唇がかすかに震撼《しんかん》していることに気づき、ユベールが顔をのぞきこんでくる。

「あなたが殺し屋だと言うなら……いつか私もこの手で殺してくれますか?」

思わず唇から出た言葉に、自分でも驚いた。しかし当のユベールは驚くこともなく、ひどくやるせなさそうに目を眇め、唇を近づけてきた。

「条件がある」

唇がかさなりそうになった寸前で止め、小声で囁いてくる。

「条件？」

「殺すのは……おまえが殺したいほど俺を愛したときだ。俺の後ろに見ている別の男の影ではなく、俺自身を愛したとき」


殺したいほど愛したとき——そんなこと……あるわけない。

躰だけの関係なのに。

それに別に有沢のことだって愛していたわけじゃない。それなのに。

『俺に助けを求めるような目をむけている』

あのユベールの言葉。自分はそんな目で見ていたのか？　彼——ただセックスするだけの相手でしかない男を。

「颯也、なにをぼんやりしているのですか、そちらのパードレのシーツが汚れていますよ」

聖務の途中、司祭のひとりに注意され、颯也ははっとした。

「すみません」

一日数時間の奉仕活動も修道生活のひとつとなっている。

ここにいるのは故郷のスペインを離れ、それぞれ数十年にわたって異国で宣教活動をしてきた老神父《パードレ》たち。彼らはここで死ぬまでの時間をゆったりと過ごす。

目の前のベッドでは、二人の老人が並んで横たわったまま昔話をしている。その斜め前のベッドでは、かつて布教に行ったアフリカでの思い出話に花を咲かしている。

廊下では、杖《つえ》をついた老神父が数人の神学生見習いを集め、この修道会の歴史について語っている。

スペインはフラメンコと闘牛、それからサッカーの国だと思っていたが、ここで暮らしていると、そんなものに触れる機会はめったにない。

フラメンコもそうだ。ユベールと待ちあわせている酒場にいつもフラメンコポップスが流れているのを耳にするだけで、誰かが踊っている舞台を見たことはない。

もちろん闘牛も。ニュースで、血まみれの牛を見るだけでぞっとする。

有沢の死。教会に火をつけたあと、彼は血まみれになって絶命した。雨のように降ってきた血の熱さが今も肌から消えない。

思いだしただけで、全身が震え、深い奈落《ならく》の底に落ちていくような気がする。

あれ以来、血を見るのが怖い。初めて誘われたとき、ユベールの傷痕が気になったのもそれが原因だ。

有沢はまだ十八歳だった。

ちゃんと学校を出て、ふつうに働きたいと言っていた。

それなのに、命を散らしてしまった。

そんな人間もいるのに、一方でこの国の人間はいつ死ぬかわからない闘牛士と確実に死ぬ牡牛との見せ物を娯楽として楽しんでいる。

それが颯也には理解できなかった。

「颯也さん、いつもご奉仕ありがとうございます」

部屋から出ようとすると、ひとりの老神父がにこにこと笑顔で話しかけてきた。

「いえ、お礼など必要ありません」

彼らの世話をすることが、有沢への罪滅ぼしになるとは思わないが、こんなふうに喜ばれるとやはり嬉しくなる。

どこからともなく、聖書の講義の声が聞こえてくる正午前の中庭。

こうした静けさに包まれていると気持ちがおちついてくる。

今のように静かに暮らせる場所があるだけで幸せかもしれないのに、自分はどうしたいのだろう。

光と風と色彩にあふれた南欧の美しい庭には邪気のあるものはなにもない。ただ噴水の水が陽射しを照らしながら水滴の稜線《りょうせん》を広げているだけ。

ぼんやりと中庭を眺めていると、ちょうど前から弟子に連れられ、車椅子に乗ったフリオ神父が現れた。

「颯也、ここにいたのか。おまえが助祭に叙階する日程が決まったよ」

ではついに。

「今年の聖週間《セマナ・サンタ》、復活祭のときに。その後、私とともにセビーリャにきなさい」

颯也は胸にさげたロザリオを強くにぎりしめた。

「いいんでしょうか、私はまだ迷いだらけで」

「颯也、おまえは優しすぎる上に、完璧主義なところがある。だが人間は未熟なままでいいんだよ。前にむかって進むんだ。最初から完璧な聖職者などいない。進んでみれば、変わることもある。罪の意識のない人間などこの世にはいないのだから」

いいのだろうか、本当にこのままでも。罪の意識を抱えたままでも。


「――」

外に出てバイクに乗る。あの男に会うために。あの男とセックスするために。

『殺すのは……おまえが俺を殺したいほど愛したときだ。俺の影に見ている別の男ではなく、俺自身を愛したとき』

彼を愛して、彼に殺される。それも潔《いさぎよ》いだろう。けれどそんなことをしたら、またスキャンダルで騒がれてしまう。

少年を自殺に追いこんだ魔性の刑務官、スペインで痴情《ちじょう》のもつれの果てにフランス男に殺害される……と。そうなれば、また母や妹にイヤな思いをさせてしまう。それにフリオ神父への償《つぐな》いはどうするのか。

——もうこれ以上、ユベールに深入りしないほうがいいのかもしれない。行きずりのまま終えたほうが。

助祭になると決めて、もう二度と彼と会わないと覚悟して。

そんなことを考えながら待ちあわせの場所にむかうと、その夜は、いつもの酒場が休みになっていた。しばらく旅行に行って留守だという張り紙がある。

「残念だな。じゃあ、今夜は俺の隠れ家に連れて行ってやる」

ユベールの車に乗せられると、そこから国道を通ってセビーリャの街が遠くに見える小さな街に連れていかれた。

フラメンコのショーを見せるタブラオの裏手にある廃墟のような建物だった。

積み重なった白い石が剥《む》きだしになった広々とした場所。住居ではない。おそらく乗馬の訓練場だったのだろう。

地面は野球かサッカーのグラウンドのようにやわらかな砂土で整地され、壁には鏡が貼りつけられている。なかに入ると、扉がガタッと音を立ててはずれそうになった。

「気をつけろ。安普請《やすぶしん》の建物だ。スペイン人の建築能力は、中国やギリシャよりも劣るという噂だ」

ひどい差別的発言だ。こういうところがフランス人ぽい。

颯也はくすりと笑った。

「ここは、昔、馬術の訓練場として建てられたものだが、不況のあおりをうけ、建設途中で放置されたんだ。それを買いとった」

貨幣がユーロで統一された直後、スペインは空前の建設ラッシュに湧いた。いわゆるバブル経済だ。

そのときに施工《せこう》準備されたものの、経済が悪化し、完成できなかった建設途中の建物をあちこちでよく見かける。ここもそのひとつのようだ。

「この窓からフラメンコの音楽が聞こえるので気に入っている。あそこから流れてくる」

ユベールに言われ、窓辺に立つと、十数メートルほど先にあるタブラオのステージ裏を見ることができた。

オレンジ色の街灯の下のスペースをバックステージに使っているのか、フラメンコの衣装《ロパ・デ・ヒターナ》をまとった何人もの若い女性たちがショーに出るための練習をしている。

カタカタと聞こえてくるカスタネットの音、激しい手拍子、地面を踏みならすサパテアト、かけ声、情熱的なギター、哀調を帯びた歌やリズミカルなパーカッション。

街灯の下で踊るダンサーたちの姿は夢のように美しかった。

じっと見ていると、ユベールが後ろから抱きしめてきた。ぴたりと背中に彼の胸が密着し、吐息が耳元に触れる。

「……っ」

ふたりの間にじわじわと熱が溜まっていく。一緒にダンサーたちの練習を見ながらも、ユベールはこちらの胸をまさぐったり、耳朶《じだ》を甘噛みしてくる。吐息の熱さ、それに優しく触れてくる指先の心地よさ。それ以上触るなと言えなくなってしまった。

「フラメンコ、いいですね。さすがにスペインという感じで楽しいです」

肌が粟立《あわだ》ちそうになるのをごまかすように言うと、ユベールがくすりと笑う。

「あんな下手なダンスが楽しいのか？　音楽はけっこう上等だが、踊りはぱっとしないぞ」

「でも私にはわかりません、初めて見るので」

「変わってるな。闘牛も見ていないと言っていたが、日本の商社マンなら、観光客用のフラメンコ見学やマドリードの日曜闘牛の一回や二回、連れていってもらえるだろう」

「すみません、アルハンブラ宮殿もプラド美術館もトレドもサグラダ・ファミリアですら見たことがなくて」

突き放すように言いながら煙草を胸からとりだす。するとそれをさっと奪ってユベールは自分が銜《くわ》えた。

「いいんじゃないのか。スペインの観光地など、泥棒と強盗に会いに行くようなものだ。ただアルハンブラ宮殿は見る価値はある。あの美しさは俺も認める。だがサグラダ・ファミリアはダメだ。そもそもバルセロナをスペインと呼ぶな。あそこはカタロニア、違う文化圏だ」

火をつけて一服したあと、ユベールは高飛車な口調で言った。

こういう子供じみた口の悪さや皮肉っぽい言葉、けっこう好きかもしれない。スペイン人の陽気さとはまた少し違った明るさを感じて楽しくなる。

「そんな言い方、スペインにもガウディにも失礼じゃないですか。それにあのダンサーにも。私にはとても上手に見えますが」

窓からさらにむこうをのぞきこもうとすると、ユベールがぐいっと颯也の腕をひっぱった。

「見てろ、今から本物のフラメンコを見せてやる」

煙草を地面に投げ捨て、ユベールは革《かわ》のブルゾンとシャツを脱いだ。そして黒いシャツをつかんだままグランドのようになったフロアの中央に立ち、じっと瞑目《めいもく》した。

しんと静まりかえった建物のなかに、外から音楽が流れこんでくる。

まぶたを閉じていたユベールは、曲の調子が激しくなったのを機に、手にしていたシャツを投げ捨て、手拍子をしながら踊り始めた。

空気を切り裂くようなしなやかな動き。なめし革のような美しい筋肉。背中から腰へのなめらかなライン。外からの淡い光に浮きでた腹直筋。高い腰の位置で止まった黒ズボン。音楽にあわせ、ユベールが躰を反転させると、細く長い足がいっそう長く見える。

そして聞こえてくる音楽にあわせて、腕と足を動かし始めた。

馬術訓練場の土を踏みしめる靴音《くつおと》。

外から漏れてくるメランコリックでドラマチックな音楽。

ユベールが躰を回転させると、壁に刻まれた影があとについていくように移動し、本人と影とが交錯《こうさく》する刹那、いっそう音楽が激しくなる。その動きはひとつひとつが絵画のように美しい。どこを切りとっても芸術的な作品になるほど。

――すごい。素人でも、彼の踊りが相当な技術だというのはわかる。殺し屋というのは冗談で、本当はフラメンコダンサーなのか？

だがダンサーなら、あの躰のあちこちに残る傷痕は何なのか。だいいちフランス系のフラメンコダンサーなどいるのだろうか。

謎《なぞ》だらけの男。でも謎は謎のままにしなければ。

――深入りしてはいけない。惹かれてもいけない。一緒にいることに、これ以上の楽しさを感じてはいけない。

そう思うものの、颯也は吸いよせられるようにユベールの動きを追った。

わずかな外の光だけでもわかる。艶やかな彼の体躯は、妖しいまでに美しく鍛《きた》えられている。最高に調教された美しい肉食獣のような動きに見えなくもない。なにより彼自身、自分がどう動けば最も美しく見えるか、本能でわかっている。

「どうだ、フラメンコをやるなら、これくらい美しく情熱的に踊らないと意味がない」

踊り終えると、ユベールは艶笑をうかべて彼らしい不敵な言葉を吐いた。

この男のこういうところに、惹かれる。

自信家で唯我独尊《ゆいがどくそん》、少しひねくれた思考回路をしているが、その根本は道理が通っていて、すがすがしいほど合理的だ。

彼の心の奥には決して折れそうにもない芯の強さがある。だから一緒にいると安心感と心地よさを感じるのだろうか。

「どうした、変な顔をして。美しさに欠けていると言いたいのか？」

颯也の表情を見て勘違いしたらしく、肩に手をかけ、ユベールが顔をのぞきこんできた。

視線をずらすと、そのまま抱きよせられ、かすかな汗の匂いと彼がつけているシトラス系のコロンとが混ざりあった香りが鼻腔をつく。

そういえばセックスのとき、汗をかいた彼からいつもこんな香りがしていると思うと、ふっと胸の奥が疼くような切なさを感じた。

——ダメだ、このままだと好きになってしまう。人恋しかったのか？　それともこの男だから惹かれているのか？

どうしてなのかはわからない。けれど明らかに特別な感情が自分のなかに芽生えているのを感じて急に恐くなってきた。

一緒にいると、どんどん惹かれ、いつの日か自分がこの男に激しい恋情を抱いてしまいそうな気がしてぞっとする。幸せになる権利はないのに。好きな人間を作ってどうするのか。恋をするためにこの男と会っていたわけじゃないのに。

——現実をうけいれよう。私はこの世での幸せなんて求めちゃいけない人間。これ以上好きになる前に……このひとにサヨナラを告げよう。

そう思うと切なくなってきた。それなら今のうちにしっかりと見ておかないと。仄かに惹かれていた男の姿を。颯也はじっとユベールを見あげた。

「どうした？　そんな顔をして」

目を眇め、ユベールが顎をつかんでくる。はっきりとわかる、このひとのこういうところにも惹かれてた。

さりげなくこちらを気遣ってくる。とても細やかで、気づきにくい繊細な優しさ。自然にそういうことができるところに、知らず居心地のよさを感じていたのだろうか。

それなら、この気持ちがもっと確実なものに進化する前に終わらせなければ。

「あなたの名前……本当にユベールというのか気になって」

せめてそのことくらいは真実を知っておきたかった。

「信じてなかったのか？」

「そうじゃないですが……あの……本当にフランス人ですか？」

「そうだ。父親がフランス人なので国籍はフランスだ。だが母親はスペイン人だ。この国に住みながらスペイン語のウーベルトではなく、ユベールというフランス系の発音で通しているのは、スペイン人のフランス人への差別意識をわざと煽《あお》るためもある」

わざと煽る……というところが彼らしい。けれどそれよりも別のことに驚いた。

「差別って……そんなものがあるんですか?」

どちらかというとフランス人のほうが自分たちを優位に見ているように感じていたが。

「残念ながら、俺の住む世界にはあるんだよ。フランスとスペインをまたがるピレネー山脈よりも高く険《けわ》しく、越えられない因習と根深い差別の壁が。そこにいるだけで、このフランス野郎《カブロン・デル・フランセス》と、何度、罵《ののし》られたことか」

そんなことがこのひとの住む世界に?

「だが、そのほうがずっとおもしろい」

「おもしろい?」

「そうだ、つまらない意地と古い慣習でカチコチに凝《こ》り固まったスペイン野郎どもを力でねじ伏せ、そのプライドをめちゃくちゃに蹂躙《じゅうりん》し、彼らの頂点に君臨《くんりん》することのほうが最高に愉快じゃないか」

冷ややかで不敵な笑い。目元に漂う翳りがこういう話をするときは、妖しく光る。優しさと同時に、この男は残酷そうな冷たさもその身に孕《はら》ませている。

触れると、ひんやりと感じるのはそういう部分だ。

「そして最後に、彼らが最も切なくなる方法でフィナーレを飾る。そのときのやつらの顔を想像しただけで、背筋がぞくぞくする」

艶やかに、どこか遠くを見るようなうっとりとした表情で言うと、ユベールは顎をつかんだまま颯也の頬に唇を押しあててきた。

「こんなことを話すのはおまえが初めてだ」

「ん……っ」

なじんだ吐息、なじんだ感触。もう忘れないとと思うと、もっとその存在を肌に刻んでおきたいと感じてしまうのが不思議だ。

「おまえに惹かれている。俺の恋人にならないか」

突然のその言葉に甘く熱い波がざぁっと全身に広がるのを感じた。わけもなく唇が震え、仄かな喜びのような感情が胸を覆っていく。

「どうして……」

「言い換えよう、愛や恋はなくていい。もう少し密着した特定の関係になりたい。恋人か情人のような」

抱きよせられようとしたそのとき、反射的に、颯也はその肩を突っぱねた。

「すみません、無理です。あなたにサヨナラを言うつもりで、ここにきたのに」

うつむき、あとずさる颯也の腕をユベールがひきつかむ。

「サヨナラだと?」

低い声の問いかけにうなずき、あらかじめ考えておいたウソの言葉を告げる。冷静に、おちついた声で。

「日本に帰ることになったからです。スペインには戻ってきません」

「いつ」

「近日中に。大切な仕事のために異動することになりました。あなたが自分の世界で頂点に立とうと思っているものと形は違うかもしれませんが、私も自分の世界でやるべき仕事をまっとうしようと決意したから、あなたにサヨナラを言わなければと思ったのです」

本心だった。

彼のように上に進んでいこうとするような前向きで意欲的なものではないけれど、助祭になり、フリオ神父に仕え、教会のなかで生きていくのが自分の仕事だと思ったから。

「仕事を……」

「はい、自分の世界で生きていく覚悟を決めました。だからもう会えないのです」

彼の手が腕から離れる。なにも言わず一歩下がり、ユベールは床に落ちていた革のブルゾンと黒いシャツに手を伸ばした。

そしてこちらに背をむけ、窓の外を見ている。

その後ろ姿に『ここからすぐに出て行け』と言われている気がして、颯也はなにも言わず、彼の隠れ家をあとにした。

終わった――――。

タバコを口に銜え、煙をくゆらせながら石畳《いしだたみ》をとぼとぼと歩いていく。ちょうど緑のライトをつけて停まっていたタクシーに乗りこむ。

車が発進すると、頬に一筋涙が流れていった。

3　マタドール

ユベール――彼との時間が終わってから、二カ月も経ってしまった。

けれど記憶のなかに、はっきりとふたりで過ごした仄明るい夜の闇が刻まれている。

薄暗い部屋の、ギシギシと軋《きし》むベッドの音。流れていく車のライト。最後に過ごした廃屋のような建物。

そこで美しくフラメンコを踊った男の影。神がかってさえ見えた。

そして心に残る切なさ。

自分は幸せになる権利はないと思っていたのに、ユベールと過ごしたわずかな時間に颯也《そうや》はとてつもない幸せを感じていた。

――今もまだ失った想いへの痛みを感じる。

だけど自分で決めたことだ、その痛みも抱えて、このセビーリャで助祭として新しい人生を歩いていかなければ。

先日、颯也はフリオ神父とともにセビーリャの古い修道院にやってきた。

スペイン四番目の都市にして、アンダルシア一の大都会。

オレンジとレモンの甘酸っぱくもみずみずしい匂いに包まれたこの都市は、オペラ『カルメン』の舞台であり、コロンブスがアメリカに旅立った場所としても名高い。そしてフラメンコと闘牛の本場としても。

そんなセビーリャが一年で最もにぎやかになるのが春——四月《アブリル》だった。

復活祭と聖週間のこの時期、世界中から観光客が訪れ、春祭のほぼ一カ月間、川沿いにある闘牛場で連日のように闘牛が行われる。

そのため、ここにいれば、いやがおうでもポスターやコマーシャルを目にしてしまう。

今年のチラシやポスターに描かれている牡牛の絵。

その背に幾つもの棒が突き刺さり、血が流れている。街でポスターを見たとたん、颯也は有沢の鮮烈な血の記憶を思いだし、全身が震えて吐きそうになった。

——修道院の近くの闘牛場で行われるらしいが、できるだけ見ないようにしないと。

もう血を見るのはイヤだ。

スペインの教会で多く見かける血に濡れたキリスト像やヨハネの生首の彫像などは、宗教的な意味があるので何とも感じないのだが。

己のトラウマとどうつきあえばいいのか。そんなことを考えながら中庭の掃除をしていると、エリアスという金髪の若い司祭が話しかけてきた。

「颯也、明後日からのことで大切な話があります」

ここでは彼のもとで聖務を行うことになっている。さらにその上で采配《さいはい》しているのが院長になったフリオ。

「この修道院の敷地内にあるサンタ・マカレナ教会には、セビーリャ出身の闘牛士たちの守護聖母がいらっしゃいます。明後日、そのなかのひとりが闘牛場にむかう前に守護聖母の加護を受けるため、祈りにやってきます。あなたもその場に出席するように」

「私も……ですか?」

颯也は眉をひそめた。

「そのあと、彼らは闘牛場に移動し、闘牛場内にある祈祷所《カピージャ》で祈りを捧げます。あなたもそちらに行き、祈祷所のろうそくに火をつけてください。そのまま闘牛場に残り、彼らが無事に闘牛を終えたあと、あなたはその火を消してきなさい」

説明を聞き、颯也は呆然とした。

「……そんな。いやです、私は殺しをするような場所には行きたくありません」

「殺しだなんて、なにを言っているんですか、あなたは…」

そのとき、ちょうどフリオが車椅子を押されて現れた。

「エリアス、颯也はスペインの文化にくわしくない。この修道院と闘牛士の関係にも。彼には私から説明をします。颯也、おまえは私の部屋へ」

うながされ、修道院の一階の奥にある院長室にむかった。広々とした室内。窓からはゆったりと流れる川が見える。

「颯也、人前で闘牛を悪く言うのは控《ひか》えたほうがいい。闘牛はおまえが思っているような残酷なものとは違う」

「申しわけありません。突然のことに驚いてしまって。でも私には残酷なショーにしか……」

「違う。闘牛はそもそも神に供物《くもつ》を捧げる儀式が始まり。闘牛士は司祭、闘牛場は祭壇、牡牛は神への供物といわれている」

神への供物。だから殺すのか？

——昔、日本でもなにかあると人柱《ひとばしら》を立てることはあったというが……あくまで迷信が信じられていた時代だ。この二十一世紀にそんなことをするなんて。

「闘牛は、その昔、ローマの猊下《げいか》の前でも行われていた神聖なものだ。ルネサンス期には、バチカン広場でも闘牛が行われ、かの有名なチェーザレ・ボルジアもそこで闘牛をしたと歴史書に記されている」

「それはわかっています。でも……」

「たとえ闘牛士でも犯罪者でも、祈りを捧げる者とともにあるのが、我々、神父の役目ではないのか。神への敬意を忘れず、とりくめばいいだけだ」

そうフリオに厳しく言われると、それ以上は反論できなかった。

その二日後、闘牛士が祈りにくる日になった。

甘い百合の匂いが立ちこめる聖堂でろうそくの火をともしていると、エリアスが現れ、このあとやってくる闘牛士について簡単な説明をした。

「颯也、今日、ロマンという名の闘牛士が一人、祈りにやってきます。彼はセビーリャ出身者ではありませんが、近くで育ったので、この教会の所属になっています」

彼は『死神にとり憑かれたマタドール』という異名を持つ一方で、甘く憂いのあるマスクで女性を熱狂させているらしい。

追っかけの数も半端《はんぱ》ではない。パパラッチからもよく狙《ねら》われている。

なので部外者が入りこまないように注意をして欲しいということだった。

「本番前の闘牛士は、かなり神経質になっています。命をかける場所に出るのですから。くれぐれも失礼のないように。とくにこのロマンという男は、気むずかしい変人として有名です。関係者のなかで彼のことをよくいう人はいないほど。まあ、それには彼がフランス人というのも起因していますが」

フランス人――――？

「ロマンというのはフランス人の闘牛士なんですか？」

「ええ、そうです。古い伝統的な闘牛界では、フランス野郎《カブロン・デル・フランセス》と罵られるほど」

その聞き覚えがある言葉。古い伝統がある世界で、フランス野郎と罵られると誰かが言っていなかったか？

『フランスとスペインにまたがるピレネー山脈よりも高く険しく、超えられない因習と根深い差別の壁が。そこにいるだけで、このフランス野郎と、何度、罵られたことか』

彼の声が頭のなかで甦る。

――まさか……そんなことは……。

イヤな胸騒ぎを感じ、颯也が息を詰めたそのとき、ふいに扉のあたりが騒がしくなった。

聖堂内にいた司祭や助祭たちが一斉に前方に集まり、ミサのときのような神妙な顔つきで祭壇の前に立ちならぶ。

「いらっしゃいましたよ、颯也、あなたは祈祷席の前でお待ちなさい」

ギィィと重苦しい音を立てながら、古い木製の扉がひらかれた。

聖堂に外の空気が入りこんでくる。セビーリャの街を包んでいるシトラスやオレンジの咽《むせ》るような甘酸っぱい香りとともに。

闘牛士の衣装を身につけた男のシルエットが灰色の大理石の床に細長く刻まれ、陽射しを浴びたステンドグラスの虹色に放つ光が彼の影のまわりでゆらゆらと揺らめいていた。

――彼が？

薄暗い聖堂とは対照的に、白い長方形に切りとられたようになった玄関の扉の前に、すらりとした長身の男がたたずんでいる。

逆光なので顔はわからない。ただ衣装についた金飾りが光をちりばめたイルミネーションのようにまばゆく煌めいているだけで。

「どうぞマエストロ、こちらへ」

スタッフだろうか、白髪交じりの長身の男がうやうやしげに声をかけると、ゆらり、と影が動き、闘牛士が静かに聖堂に足を踏み入れる。

一歩進むごとに、腕に白いケープをかけて淡い藤色の衣装で身を飾った男の艶美な輪郭が少しずつ浮き彫《ぼ》りになっていく。

「――――っ」

はっきりと男の顔を見た瞬間、颯也は目を疑った。

――ど……うして――そんな……。

まばたきもせず、目を見ひらいて立ちすくんでいる颯也に視線をむけることなく、男はおごそかな顔つきで目の前を通り過ぎていく。

そのとき、ふっとシトラスの匂いが鼻腔《びくう》を撫でる。

嗅ぎ慣れた香りが甘い糸のように絡みつき、躰の底の狂おしい記憶を呼び覚まされそうな気がした。

「闘牛士のユベール・ロマン。聖母に挨拶《あいさつ》にまいりました」

司祭の前に立ち、男がゆっくりと床にひざをつく。

わずかな所作《しょさ》だけでも、静けさのなかに空気をピンと張り詰めさせる凄《すご》みが感じられ、聖堂にいる司祭も助祭も全員が彼の動きに魅入られているようだった。圧倒的なオーラをまとったユベールの姿は『死神にとり憑かれたマタドール』というよりは、太陽神の恩恵を一身に与えられた光輝くマタドール以外のなにものでもなかった。

ユベール――なぜ、ここに彼がいるのか。

颯也は呆然とした面持ちのまま、その背をじっと見つめていた。

『殺し屋だ』

彼はそう言った。だからマフィアの殺し屋だと思っていた。

スペイン語での殺し屋には、正闘牛士だけが許されるマタドールという単語を使うが。

まさかそういう意味での殺し屋……彼が闘牛士だったとは――。

おごそかに祈りの儀式を終え、ユベールが去って行ったあと、颯也は闘牛場内の祈祷所にむかう前に、事務室に寄ってパソコンを立ちあげた。

彼の名前で検索をかけると、ホームページ、それからウィキペディア、闘牛情報サイトの数々がヒットする。

ユベール・ロマン。フランス出身の正闘牛士《マタドール》。

二月十三日生まれ。二十三歳。十六歳で闘牛士デビュー、十九歳で正闘牛士に昇格する。昨年の興業数は正闘牛士のなかで四位。

「こんなに有名だったなんて」

しかもこの若さ。かなり年下だ。有沢と同い年……。

どうしてこんな男が酒場にふらりと現れ、見知らぬ東洋人の男を誘ったのか。

――いや、でも……今にして考えれば思い当たることがある。

彼の躰に残っている無数の傷。血の匂い。死の影。そしてなまめかしくもしなやかな肉食獣のような肉体。

闘牛士――スペイン語では、トレロ＝英雄という言葉と同時に、マタドール＝殺し屋と呼ばれる。英雄であり、殺し屋でもある男。

颯也はパソコンの画面をスクロールし、彼のプロフィールを確認した。

父親はフランス人闘牛士のパトリス・レノ。

母親はスペイン人の女優ルナ・カサレス。颯也でも名前くらい耳にしたことがある。

彼が六歳のとき、父親は闘牛場で負傷し、再起不能となる。その十年後に自殺。

ユベールは父親が負傷したあと、遠縁の親族の養子になる。ロマンはその男の名字らしい。

しかし闘牛士を目指してすぐに家出。デビュー後のあだ名は『死神にとり憑かれたマタドール』『闘牛界で最も美しい男』という。

——死神にとり憑かれた男……か。

有名な評論家や作家、詩人が彼についてコメントしている。

『ユベールは決して死を恐れない。それどころか生と死の境界線で死神と戯《たわむ》れているような闘牛を行う。まるで死神にとり憑かれたかのように』

死神と戯れるという闘牛……一体、それはどんな闘牛のことをいうのか。

そうやって事務室でパソコンを見ていると、エリアスが声をかけてきた。

「颯也、早く闘牛場にむかいなさい。なかの祈祷所の管理もあなたの仕事ですよ」

闘牛士のための祈祷所の管理。

仕事として割り切ろうと思ったのに、ユベールの姿を見たとたん、心が大きく揺れた。

彼が血にまみれるところを見たくないという気持ちが衝《つ》きあがってきて。

『教官まで俺を裏切るんだ』

耳にこだまする言葉。生々しい血の感触。

——今……思いだすのはやめよう。ユベールは彼とは関係ない。

彼は颯也と知りあう前から、闘牛士として活躍《かつやく》していた。

それに、ふたりの関係は終わった。もともと行きずりだった。今はたがいに別世界の人間。

ましてや彼は、スペインを代表するマタドールだ。

己にそう言い聞かせ、颯也は闘牛場にむかった。

二大闘牛場のひとつ――セビーリャのレアル・マエストランサ闘牛場には、四月だというのに夏のような陽射しがそそいでいる。

客席は一分のすきもないほど、大勢の客で埋まり、あちこちの席で華やかなフラメンコ衣装《ロパ・デ・ヒターナ》をまとった女性たちが手にした扇《アバニコ》でパタパタとあおいでいる。

祈祷所《カピージャ》は、闘牛士の入場待機場所のすぐ近くにあった。

その脇の少し広くなったところに着飾った騎馬《きば》がつながれ、スタッフがあわただしく荷物を出し入れしていく。

まわりには大勢の闘牛関係者。テレビカメラのクルーや記者風のジャーナリストたち、それからいかにもパトロンといった雰囲気の男たちが集まり、葉巻を吹かしながら早口のスペイン語で話をしている。

「失礼します」

扉を開けてなかに入ると、ユベールが祭壇の前にひざまづいて胸で十字を切っていた。

その後ろには、銀や黒飾りのついた衣装に身を包んだ三人のスタッフ《クアドリージャス》。

金色の祭壇の中央には、小さなマリア像。そのまわりの壁には、マカレナの聖母や十字架を背負ったキリスト像が描かれたタイルが貼られ、祭壇で揺れるろうそくの火も加わって、おごそかで静謐な空間が作られている。

「神父に告解がしたい。きみたちは出ていってくれないか」

颯也が祈祷所に入ると、ユベールは他のスタッフに出ていくように言った。

「しかしユベール、もう時間がない。闘牛の前にテレビのインタビューだってあるんだ。今日は一年でも一、二を争う大切な闘牛だぞ」

「そうだ。だいいち、おまえ、神も神父も嫌っていたんじゃ」

口々にスタッフが言うが、ユベールは無表情のまま、クイとあごで扉を指し示し、出ていくようにと無言の意思表示をする。

その冷厳な眼差し。まわりにいたスタッフがあきらめたように肩を落とす。

「ユベールの気まぐれは今に始まったことじゃない」

「十分、いや、できれば五分で済ませるんだぞ。入場まで二十分もないんだからな」

スタッフが去り、重々しい扉がバタンと閉じられると、石造りの暗い空間にふたりきりになった。

腕に聖母の刺繍《ししゅう》の入ったケープをかけ、華やかな闘牛士の衣装を身につけたその男は、そこにいるだけであたりの空気を凛《りん》と張りつめさせる存在感を醸《かも》しだしていた。

「祈りを与えてくれないのか」

ひざまづいたまま、男が低い声で問いかけてくる。

「先ほど教会で司祭から与えられませんでしたか？」

「それでも欲しい」

颯也は息をつき、彼の前に立った。彼の肩に手を伸ばそうとしたそのとき、強く手首をひき摑《つか》まれた。

「――っ！」

「おまえが神父とはな。だが悪くはない、男漁りする聖職者というのも……」

息を殺した颯也をユベールの鋭利な目が見あげる。ヘイゼルグリーンの瞳をオレンジ色のろうそくの火が妖しく揺らめかし、一瞬、怖いと思った。

しかし職務をまっとうしなければ。あと少しの時間しかないのだから。

颯也はクールに言った。

「私のことは関係ありません。それよりも今はあなたの告解を聞かせてください」

「では罪を告白する」

颯也の手をにぎりしめたまま、ユベールがまばたきもせずこちらを見あげる。

「どうぞ」

静かに返すと、ユベールは口元に冷ややかな笑みを浮かべた。

「罪の告白のあと、俺の幸運《スエルテ》を祈ってくれるか」

立ちあがり、さぐるように問われ、颯也はじっと男を凝視した。その精悍《せいかん》な体躯に視界は覆われ、颯也の顔に影がかかる。

「当然です」

彼はおかしそうに笑った。

「幸運など必要ない。神も聖母の加護も求めていない、と言ったら？」

「それでも祈ります。私は神父です」

「おもしろい男だ。神を信じていないくせに」

「どうしてそれが……」

わかったのか……という続きの言葉を呑《の》んだ颯也を見つめたまま、ユベールは不敵な笑みを浮かべる。背筋がぞくりとした。

生と死のはざまで生きている男――死神と戯れる男。

金飾りの衣装を身につけたマタドールゆえか、冥府《めいふ》の神にとり憑かれている不吉さゆえか、ユベールからは触れることも近づくこともはばかられるような、他者を徹底的に圧倒するオーラが放たれている。

光なのか影なのか、それともその双方を孕ませているのかわからないが。

「神を信じていない神父と、死神にとり憑かれた闘牛士か。似合いだな」

ざらついた低い声が狭い祈祷所に反響する。

「昔からヒターノ《ジプシー》たちの間で言われている。おまえたち神父がいう全能の神《ディオス》と、俺がとり憑かれているという死神《ムエルテ》、それから闘牛のなかに存在する魔性の神——ドゥエンデ。そのどれに愛されるかで、その人間の人生が決まる」

ドゥエンデ……耳にしたことがある。スペインの文化や芸術のなかに潜《ひそ》む悪魔的な神の存在。フラメンコや闘牛の奥底にあるもの。

「どの神に愛されるか。そんなことはどうでもいいが、せっかくだ、死の危険の前に罪の告白でもしておこう」

尊大な物言い。とても神父に告解をしようという男のそれではない居丈高な態度に、颯也は眉をひそめた。

ユベールは颯也の肩を掴み、吐息がかかるほどの距離で見すえてきた。じっと刃物のような眼差しでこちらの顔を一瞥したあと、うつむき、胸で十字を切る。

「神に告白する。俺は闘牛場で殺しをしたあと、ある男を抱かないと自分を保つことができなくなってしまった。その男は闘牛嫌いの偽善者で、しかも聖職者だった」

こめかみがぴくりとする。

「男はいったん俺の前から消えたが、今日、再会できた。これで安心して殺せる。今夜は殺したあと、彼を抱けるのだから」

「な……」

颯也の顔がこわばればこわばるほど、ユベールの口元に刻まれた冷笑に妖しい艶が加わっていく。

「知らなかっただろうな、おまえを抱いていたのが殺しをしたあとだなんて。闘牛を嫌悪している男を、血まみれの手で抱く。それだけで躰が熱く疼いたよ」

颯也は唇をわななかせた。

「殺したあとにおまえを抱いて、心と躰の穢れを清めてきた。おまえが神父だと知ったときは、自分の野生のカンに高笑いしたくなったよ。理性ではイヤだと思いながらも本能的に聖職者を選んでいたのだからな、俺もたいしたもんだぜ」

「殺したあとって……でも南米に行ってたとも……」

「スペインの闘牛は冬にはない。だが、南半球の中南米は、そのとき夏だ。だから冬場はむこうで興業を行う。最初はおまえに会うために帰国しようなんて考えていなかったが、おまえなしだと心が渇き、躰が餓えてどうしようもなくなるのがわかった。だからむこうで闘牛をするたび、帰国しておまえを抱いていた」

呆然と目をみはると、ユベールは颯也の肩を掴み、ぐいと石の壁に押しつけてきた。

獣が生き餌《え》に喰らいつくような勢いに怯んだすきに胸に手を伸ばしてくる。そしてそこに垂れたロザリオに指をひっかけ、すっとそれを指先に絡めていった。

「今夜、行く。修道院の中庭の左端に、神父がひとりで神に語りかけるための礼拝室があるだろう。そこで待ってろ」

「バカな……私はもうあなたとは……」

「俺との関係を教会に知られていいのか？　背徳の罪で破門されるぞ」

「困るのはお互いさまでしょう。いや、あなたのほうが問題だ。パパラッチに男との関係をスクープされたら」

「あいかわらず肝《きも》の据わった男だ。俺を脅《おど》すとはな」

ひどく楽しそうにユベールが笑う。

ふたりで会っていたときによく見せた表情。露悪的なことを口にするとき、必ずこうした顔をする。以前はそれが心地よかったのだが。

「残念なことにスキャンダルなんか、俺にはどうだっていいんだよ。うるさく騒がれるのは面倒だが、命をかけてる男には、この世に恐れるものなどなにひとつない」

ぞっとした。

この男が狂っているのか？　それとも闘牛士はみんなこうなのか？

ごくりと息を呑み、顔をひきつらせる颯也の様子を楽しむかのように濃艶な眼差しで見据えながら、ユベールは不遜《ふそん》にほほえんだ。

優雅で、それでいて妖艶な微笑だった。

一瞬、吸いこまれそうになったとき、ドンドンと扉をたたく音が祈祷所の静寂を破った。

「ユベール、時間だ。出てこい」

スタッフの声に、颯也ははっと扉に視線をむけた。

「わかった、今行く」

ユベールは指先に颯也のロザリオを絡めたまま、同じ手で頬に手を伸ばしてくる。

「颯也、幸運も加護もいらない。だから……」

ユベールが顔を近づけてくる。じゃらり、とロザリオの数珠玉《じゅずだま》の重なる音が鼓膜《こまく》に触れたかと思うと、しっとりと彼が唇を重ねてきた。

「……っ」

唇を包みこみ、なにかを誓うような甘やかなくちづけをしたあと、颯也の髪に指を埋めてきた。ふっとシトラスの香りがする。

「俺の闘牛を見届けろ。世界中で自分たちこそが一番の目利《めき》きだと勘違いしているセビーリャの観客どもを酔わせてやる。だから終わるまで、俺から目を離すな」

「ユベール……」

「殺しをして、それからおまえのところに行く。そのとき、このロザリオを返してやる」

颯也の胸からロザリオをひきちぎり、ユベールは自分の胸元に入れた。そして何事もなかったかのように颯也に背をむけ、扉にむかって歩いていった。

祈祷所から出ると、闘牛場は喧噪に包まれていた。

「午後五時半《シンコ・デ・ラ・タールデ》――。闘牛場が動きだす時間だ」

誰かが後ろでそう言ったとき、マイクをむけられ、インタビューに答えるユベールの姿が目に入った。

『始まる前のこの喧噪は好きだ。ぞくぞくする』

通路に置かれたテレビモニターに、彼のインタビューの様子が映しだされている。颯也は立ち止まり、彼の言葉に耳をかたむけた。

『フランス人が、この伝統あるセビーリャの闘牛場に出られることになって、快く思っていない人間も多いが、そういう自分への差別をきみはどう思う?』

アナウンサーの質問に、少し驚いてしまう。日本なら、口にできないような質問だ。放送倫理協会だか人権団体から文句がきそうな。

だが、スペインでは平気で差別問題やきわどいことを口にするように思う。

『いいんじゃないか。フランス大統領からも祝福のメッセージがきたし』

肩をすくめてユベールが口元を歪める。

『このセビーリャの闘牛場は、きみの父親が焦《こ》がれて焦がれて、それでも立つことのできなかった闘牛場だ。なにか感慨深い気持ちはあるかい?』

その質問にユベールはおかしそうに笑った。

『別に。どんなに焦がれても、実力がないやつは立てないだけのことだ』

『フランス人への差別ではなく、きみの父親は実力が足りなかったというのか？』

『そうだ。フランス人だからコロンビア人だから、ロシア人中国人日本人だから女性だから、関係者の縁者じゃないから……スペイン人男性の二世でなければ闘牛界でのしあがれない、差別されてしまうなんて理屈は負け犬の言いわけだ』

『言うね。そういえば、きみはマタドールに昇格するまで、父親が闘牛士だったとはひと言も口にしなかったな』

するとテレビモニターのなかでユベールはいつもの尊大な態度で言った。

『ああ、あんたらがすっぱ抜くまで、自分から言う気はなかったよ』

『どうして？　言ったほうがこの世界で少しは有利だっただろうに』

『そういうのに興味はないんだ。どの国技や伝統芸能の世界にも厚い壁は存在する。闘牛界だけじゃない。そこで成功したければ、壁を越える才能と実力を示せばいいだけ。闘牛士は、命をかけて圧倒的な実力を見せつけるのみ。あとはなにもいらない』

その言葉を聞いていると、どうして彼に惹かれたのかがわかった。

優しくて弱い——と言われた自分。彼はその対極にいる。厳しくて強い。ストイックで、合理的だ。

『じゃあ、それで牛に殺されても？』

『当然だ。ただし頂点に立ったあとでないと意味はない。その覚悟はできている』

覚悟……。そう、彼の強さは死を覚悟したものの強さだ。

――命をかけてる男には、この世に恐れるものなどなにひとつない……か。

彼のその言葉に、胸の奥が奇妙なほど疼いた。

六年近い歳月、神に仕え、フリオへの贖罪のために聖務に励《はげ》み、有沢のために祈ってきた。けれどユベールの言葉を聞くと、そうしたときには一度も感じなかった――救われたような気持ちになるのはどうしてだろう。

――彼の闘牛を見ればわかるのか？　いや、やはり……血を見る勇気はない。

葛藤が胸に渦巻き、客席にむかえない。そのまま祈祷所にこもろうか、それとも闘牛が終わるまでいったん修道院に戻ってしまおうか。

一歩、あとずさりかけたとき、ユベールがこちらをいちべつするのがわかった。

彼が近くにいた黒髪の渋い顔つきの男になにか耳打ちする。うなずき、男は関係者の波をかきわけ、颯也に近づいてきた。

「修道院の新しい助祭だな。医師のレオポルトだ。よろしく」

男が手を差し出してくる。四十歳前後だろうか。クラシカルなスーツを身につけた上品なスペイン人だった。

「よろしくお願いします」

颯也はその手をとった。

「きみの席は私の隣だ。さあ、もう始まる。一緒に行こう」

男に肩に手をかけられ、通路へと連れて行かれる。鋭いユベールのことだ、こちらがとまどっていることを感づき、この男をさしむけたのだろう。

「あの……でも」

客席には行きたくない。ためらいを感じたが、「新しい助祭だ」「日本人じゃないか、めずらしいな」などとまわりの人間が颯也に視線をむけ始めたので、引き返しにくい雰囲気になってきた。

闘牛場のまわりをぐるりと囲った客席。その客席とグラウンドの間に一メートルほどの通路がある。

そこは闘牛士の待機所であり、関係者たちの席となっている。レオポルトに案内された席は客席ではなく関係者席だった。

席につくと、開会のファンファーレが鳴り響き、闘牛士の入場行進が始まった。

美しい金色の刺繍で飾られた光の衣裳をつけた闘牛士三人の中央にユベールが見えた。

黒い帽子をとり、左肩に華やかな刺繍で飾られたケープをはおっている。

「闘牛は何度か見たことがあるのか？」

「いえ、これが初めてです」

ユベールは塀《へい》で囲まれた待機所に到着し、表がピンク裏が黄色になった大きなケープ《カポーテ》を持って自分のフォルムをたしかめ始めた。

一メートルくらいの長さのカポーテは、テレビでよく見る赤い布とは異なる。

「あれは赤い布じゃないんですか」

不思議に思い、颯也は隣に座った医師に尋ねた。

「ああ、最初はあのケープを使って、牛の動きをたしかめるんだ。重さは五キロくらいある。あれを使って牛の足の速さ、強さ、どういうむきで動くか、獰猛《どうもう》なのか臆病《おくびょう》なのかといったところを確認していくんだよ」

知らなかった。闘牛はマタドールが赤い布をもって現れるだけだと思っていた。

「今日の出場は三人、ひとりは格下だが、もうひとりの眼帯をしている闘牛士がサタナス、ユベールと人気を分かちあっている。すばらしい闘牛士だよ」

やがて一頭目の牡牛が闘牛場に現れる。

荒々しい咆哮《ほうこう》。どっと地面を蹴る大きな振動が座席にも伝わってきたとき、闘牛場の空気が張りつめたものにかわった。

幸運など必要ない、負けたときは死。差別もなにもなく、ただ実力だけの世界。そしてその覚悟はできていると彼は言っていた。

死――実際にそんなことが起こるのだろうか。

ユベールは口でピンクのケープの先を銜え、黒い帽子を静かに整えたあと、ケープを抱きしめるようにして砂地《アレーナ》に降り立った。

黄色地の裏側を自分にむけ、さぁっと彼が半円形のケープを目の前に広げると、あざやかなピンク色の羽の大きな鳥がゆったりと翼を伸ばしたように見える。

ユベールは声で呼びよせようともせず、無表情のまま振り子のようにゆるやかに布の先を揺らして自分のほうに牡牛を誘う。

太陽の光を反射するそれにむかって、漆黒《しっこく》の牡牛がまっしぐらに進んでいく。

さぁっと煙のように舞いあがる砂。

重々しい蹄《ひづめ》の振動が地鳴りのように響き、客席まで揺れるようだった。

ゆらゆらとケープを揺らし、自分の右側へと誘導していくユベール。

まっすぐそこにむかって猛スピードで突進する獣。

躰の右脇を牡牛がすりぬけようとする。その刹那、ユベールは一歩も動くことなく、一瞬でケープを自分の左側に移動させた。

「危ないっ！」

いけない、ぶつかる……。颯也がまぶたをぎゅっと閉じた瞬間、闘牛場に空気を切り裂くような悲鳴があがる。

「――――――っ！」

はっと顔をあげると、牡牛がピンクの布のなかに吸いこまれるように、ユベールの腹部の脇を通りぬけていくのが見えた。

――あんなことが。まるで彼が牡牛の動きを支配している神のように見える。

ユベールはいつもの不敵な笑みを浮かべると、牡牛に視線をむけることなく、背を見せたままケープをひらりと大きく翻《ひるがえ》した。

風を孕んでピンク色の羽がゆるやかに彼のまわりに広がり、闘牛場の地面にあとを追うような黒い影が大きく刻まれる。

その影ごと吸いよせるようにユベールがさっと優雅な動きで躰にケープを巻きつける。彼の動きに操られたように、牡牛が後ろからピンクのケープ目がけて猛進していく。

美しく、緊張感のある技のくりかえし。

やがて騎馬に乗った槍打ち士《ピカドール》が現れる。槍《やり》の先で牛の背に傷がつけられていく。

太陽を反射した生々しい鮮血の色。

だめだ、見ていられない。颯也は顔をそむけた。

その後、彼と一緒に祈祷所にいた三人のスタッフ――銛打ち士《バンデリジエロ》がそれぞれ牡牛に銛《もり》を打ちこんだあと、闘牛場に高々とファンファーレが鳴った。

「いよいよマタドールの出番だ。これからがマタドールと牡牛との命をかけた勝負が始まる。ケープは誰でも持つことができるが、あの赤いフランネル製の布――ムレータは、牛を殺すことを赦された闘牛士しか持つことができないんだよ」

そんなことを医師から説明されたところで、颯也にはよくわからない。

闘牛場では、ユベールが帽子をとって、ムレータと剣を持って闘牛場の中央にむかっていく。中央で黒い帽子にそっとキスし、ユベールは背後に帽子を投げた。それで闘牛の吉凶を占うのだと隣の男が説明してくれた。

ゆっくりと舞いあがった黒い帽子は静かに地面へと落ちていった。帽子が上をむき、どっと闘牛場がどよめく。吉と出たらしい。それを見届けることもなく、ユベールはムレータを躰の前に出した。

無表情で無愛想、どこか冷酷に見える眼差しは、観客も牛も見ていないように感じられた。ただ牛のむこうにある太陽の陰――死神を見ているように。

自分は一歩たりとも動かず、ムレータを前にして牡牛をひきよせたかと思うと、その寸前で今度はムレータを躰の後ろへと移動させる。

「――――っ！」

はっと観客が息を詰めたその瞬間、ユベールの躰ぎりぎりのところを駆けぬける猛牛。ゆるやかさと俊敏さ。

うっとりとその動きに見惚《みと》れてしまいそうな流麗さと、心臓がとまるのではないかと思うようなはらはらとする緊張感。

槍と銛で傷つけられた牛の背から、血が滴《したた》っている。牡牛が近くを通ると、血しぶきが散り、生々しい血の匂いがする。

記憶に残る恐怖。吐き気すらしてくるのに、ユベールから目が離せないのはどうしてだろう。

彼が手にしている赤いムレータこそが血に見えるからか？

「すごいっ、あんなにも完全に牡牛を支配できるマタドールは彼だけだろう」

レオポルトが興奮して言うように、ムレータを手に牡牛を自由自在に操っていくユベールの動きは、神がかって見える。

「オーレっ！」

「行けっ、フランス男《フランセス》っ！」

荒々しい観客の声が響き渡るなか、緩急をつけた絶妙な技をくりかえしていくユベール。

まばゆいスペインの太陽と濃密な影。

彼が動くたびに、闘牛場を揺らす観客の声援と拍手。

前に行くように見えた牛が、彼に誘導され、瞬時に方向を変えさせられ、その躰の前に走っていく。躰ぎりぎりのところをすり抜けて。観客たちがそのたびに悲鳴にも似た歓声をあげる。

何度も何度もそれがくりかえされるうち、見ている者の視線はユベールに翻弄《ほんろう》され、心を操られているかのような錯覚すら感じ始める。

やがて牡牛が疲れを見せ、その呼吸が荒くなる。

ユベールはじっと牡牛を見すえたまま、大きく張りだした角からわずか五十センチほどのところまで進んだ。

全身が凍りそうになった。彼の腹部があまりにも無防備に角の前にさらされていることに、颯也の鼓動は、胸壁の下であり得ないほど強く脈打つ。

完全に危険な領域。だが彼の顔から恐怖や緊張は感じとれない。

むしろ自分の肉体をぎりぎりの危ういところに投げだしていることに、ある種の法悦を味わっているようにすら見える。

颯也はすぅっとまわりの空気が冷えていくのを感じた。

こんなにも陽射しは暑く、強いのに。きらきらと太陽を反射してきらめく彼の衣裳、会場全体をざわめかせる熱い歓声。容赦ない光の洪水。

それなのにユベールのまわりだけが静かだ。冷ややかな官能に満ちている。

『技術と悲劇で酔わせてやる』

彼はたしかそう言った。

まさか――。

一瞬、冥く不吉な闇が彼のまわりで揺らいでいるように見え、いやな胸騒ぎをおぼえる。

巨大な角を大きく張りださせた牡牛が赤い布に翻弄されながら、地面を前足で掻いて頭を低くし突進していく。

前に行こうとする牡牛を、瞬時にユベールが自分の背中方向に呼びよせようとしたその次の瞬間、牡牛の蹄が砂の上で大きく滑《すべ》った。

巨体がバランスを崩《くず》し、勢いよく倒れていく。ユベールの細い肉体を巻きこむように。大きな悲鳴が闘牛場の空気を切り裂く。

「――――っ!」

塀を掴み、颯也は身を乗りだした。

目の前を大きくはね飛ばされたユベールの躰が宙を舞い、どさり、と砂の上に落ちていく。

そこに体勢を戻した牡牛が地面を蹴って突き進んでいくのが見えた。

4　夢を見た

ゆらゆらとろうそくが揺れるたび、聖母像の表情が変わっていく。聖母のかたわらに捧げられた純白の百合が焔《ほのお》を浴びて、淡いオレンジに染まっている。

祈祷所の火を消したあと、颯也《そうや》は修道院に戻っていた。

ユベールが訪ねてくると言っていた礼拝室の聖母像の前に膝《ひざ》をつき、いてもたってもいられない気持ちのまま手をあわせている。

修道院のどこかから聞こえてくるミサ曲。聖母への思慕を誓う歌が荘厳に流れているなか、脳裏に残っている生と死の残像を振り払おうと祈り続ける。

何だったのだろう。あの不安と恐怖は――。

闘牛場での悲鳴とどよめきが耳の奥でこだまし、全身の震えが止まらない。

あのあと、助手たちが駆けつけて助けだそうとする前に、ユベールは足をひきずりながら立ちあがり、剣を手に一突きで牡牛を殺してしまった。

そのときの彼の冷ややかな目。生も死もどうでもいいような、なにか超越したまなざしをしていた。

そしてその後、怪我《けが》の治療をすることもなく、二頭目の牛も見事に仕留め、グラナダ出身のサタナスという闘牛士とともに『王子の門《プエルタデルプリンシペ》』という成功者だけが退場できるゲートから華々しく出ていってしまったが。

彼の躰が目の前で舞いあがったとき——心臓が止まるかと思った。

あんなことを何千という観衆が日常的に見ているなんてあっていいのか？

いや、ありえない。あるほうがおかしいのだ。おかしい。絶対にみんなおかしい。スペイン人もユベールも、あの場所にいた人たち全員。

自分はとんでもない世界にいるのではないか。

颯也のまぶたの奥には、喝采《かっさい》でも、太陽でも、拍手でもなく、地面に倒れたユベールの姿と、そのあと、彼が殺した牡牛が死骸《しがい》になって横たわっていた姿だけがはっきり残っている。

——やっぱり私には理解できない。たとえあのひとに惹かれていたとしても。

そのとき、ふいに扉の開く音が聞こえた。

ふりかえると、長身の男がそこに立っていた。長い彼の影が、祭壇の前にいる颯也の前まで伸びている。

「ユベール……」

闘牛士の衣装を脱ぎ、シャワーを浴びてきたのか、濡れた髪のまま、黒いシャツにブルージーンズを穿《は》いた彼がそこに立っていた。デニム地がうっすらと血でにじんでいることに気づき、颯也ははっとして立ちあがった。

「さっきの怪我が……病院には行ったのですか」

「まさか。まだ終わって一時間も経っていないのに」

「早く手当をしないと」

「かすり傷だ。それより、これを返す」

颯也の前に進み、ユベールはにぎりしめたままの右こぶしを前に差しだした。指の間から垂れた数珠玉。引きちぎられたところが修復されている。

その甲《こう》にもうっすらとついた擦《す》り傷。

先ほど見た闘牛が脳裏に甦ってくる。平然と、無表情に牡牛にとどめを刺したときのユベールの美しさとその恐ろしいほど冷静な横顔が印象に残っていた。

無言で手を伸ばそうとしたそのとき、ぐいっと手首を掴まれる。

「返す前に抱かせろ」

躰をひきあげられそうになり、とっさに手を払う。

「ロザリオを返してください。でなければ、ここを出ていきます」

隣に片膝をつき、ユベールが斜めにこちらを見つめてきた。そしてまだ乾ききっていない癖のない前髪を指でかきあげながら、艶やかに微笑する。

「俺を待っていたくせに」

「ロザリオを返してもらいたかったので待っていただけです。神父として、あなたの負傷が軽くすむことを神に祈りたかったのもありますが」

それともうひとつ。生きているこのひとを前にして、はっきりその『生』を実感したかったというのも。

「神に遠慮しているのか」

冷笑を浮かべ、ユベールが横顔を凝視してくる。

「まさか」

「おまえ、どうして神父になった？」

言う必要などない。颯也は無視して視線をずらした。しかしだまっていると、くいっと耳朶を強く引っぱられる。

「……っ！　なにをするんですか」

「言え」

「どうして」

「知りたいから訊いているだけだ。何のために神父になった？　どうしてそのことを隠して、帰国するなどとウソをついた」

颯也は聖母像に視線をずらした。

何のため……。そんなこと、彼に言う義務はない。神学生だということを隠したのは、立場や現実から離れた関係でいたかったからだけだ。

「ウソをついたのは謝ります。でも神父になった動機を言う必要はありません」

「だめだ、言え」

さっき牡牛を殺したときと同じような、荒涼とした強さをにじませた眼差し。獲物《えもの》を前にしながらも、仕留めるのではなく、死体を視線で舐めるような。

そういえば、ベッドのなかで、彼はよくこんな目をして挑みかかってきた。殺されそうな気がして心地よかったのだが、だとすれば彼にとって自分は獲物なのか？

「……あなたも、自分が闘牛士だと、ひと言も言いませんでした」

手から逃れるように、颯也はうつむいた。

「その話はあとでしてやる。俺の質問に答えたあとに。だから言え」

「お断りします」

「なぜ」

「私の個人的事情をあなたに説明する必要性を感じませんし、あなたと関係を続ける気はないのですから」

毅然《きぜん》とかえすと、彼はふっと小馬鹿にするように鼻先で嗤った。

「そんなにご大層なものなのか？　神を信じている様子もないのに。娼婦が尼僧のコスプレをして禁欲的なプレイを楽しむポルノがあるが、おまえの姿も、淫売のタチの悪いコスプレにしか見えないぞ」

「そんな口汚く私を否定しなくても、口止めしたいなら、素直にそう言えばいいものを」

祭壇のろうそくを見つめ、颯也はあきれたようにため息をついた。

「口止め？」

「マスコミに知られてもいいと言ってましたが、本当は困るんじゃないのですか」

ユベールは冷笑を見せた。

「じゃあ俺が記者の前で先に言ってやる。神父にストーカーされて困っている——と」

しらりとした態度で言われ、颯也は棘《とげ》のある目で彼を射るように見た。

苛立ちと屈辱感が全身を駈け抜ける。躰の奥底からふつふつと滾《たぎ》るマイナスのエネルギー。

こんな感情を他人にもつのは初めてだった。

鋭利な目で睨みつけ、颯也は彼の手からロザリオをとり戻そうとした。

「わかりました。もう話はしません。とにかくロザリオを」

「抱いたあと、返してやる」

「とんでもない、いやです。血の匂いのする闘牛士なんて、触れるのもいやです」

「おもしろい、おまえが感情的になるなんて。どんなに抱いても冷めたまま、触るとひんやりとした男だったのに」

「わかりました、もうどうでもいいです。ロザリオは、なくしたと司祭に伝えます。あなたとセックスするくらいならそのほうがずっといい」

「いいのか」

「ええ、あなたは私に大切なことを教えてくれましたので。それで帳消しにして、あなたという存在を自分のなかから削除します」

「なにを教えた？」

「闘牛士は最低の職業というだけでなく、最低の人格の持ち主だということです」

「なら、俺に感謝しろ。ひとつ賢くなれたわけだからな」

颯也の顎をつかみ、ユベールは吐息がかかりそうなほど顔を近づけ、じっと瞳をのぞきこんできた。

またあの目だ。冷ややかで挑戦的な、それでいてどこか荒んだ……。

自分の命を観客の前に晒《さら》し者のようにあずけ、さながら死の舞踏を踊るような美しさで牡牛と対峙し、最後に殺しをする。そんな生業《なりわい》をしている男にしかできない、獲物の死体を前にした獣のような目……とでもいうのか。

「わかりました。ご教授ありがとうございました」

投げやりに吐き捨て、立ちあがろうとした瞬間、強く腕をひっぱられ、大きく視界が揺れる。

はっと目をみひらくと、颯也は一瞬で大理石の床に押さえつけられていた。

「ちょ……っ……やめてくださ……」

懇願《こんがん》した言葉を無視し、ユベールが上からのしかかってくる。

逃れようと闇雲《やみくも》にもがきとっさに祭壇のビロードのクロスをひき掴む。飾られていた花かごがバランスを崩して床に落ち、大量の百合の花がぱぁっと散った。

甘く酔いそうな匂い。彼の血のにおいを消すほどの。

「百合……墓場の匂いだな、忌々しい香りだ」

ぼそりと呟かれたユベールの言葉に、ふと動きを止めたすきにまるで百合の花を褥《しとね》にするかのように肩から組み敷かれた。

「――っ！」

「死の香りに包まれ、俺の罪も背負っていけ」

ユベールは両手で颯也の肩を押さえつけてきた。

「や……やめ、誰か」

助けを呼ぼうとして、しかしはっとした。

だめだ、声をだしてはいけない。

祈祷所の扉のむこうにはまだ神学生も信徒もいる。

こんなところでユベール・ロマンが神父を押し倒している姿を見られれば、どんな騒ぎになるか。しかもふたりのこれまでの関係を知られたら……またマスコミに追いかけられる。

有沢のときのように。

――イヤだ……静かに生きていきたい。空気のように……。

そう強く思ったとき、颯也は彼のシャツにも血がにじんでいることに気づいた。黒いシャツだったのでわかりにくいのだが、左胸のあたりに。

「それは……」

すうっと彼の左胸を撫でると、指先に深紅の血がついた。背筋がぞくりとして、颯也は顔をこわばらせた。

「これは……獣の血ですか」

問いかけに目を眇めると、ぱさりと垂れた前髪のすきまから胸元を確認した。ユベールは軽く首をかしげた。

「いや、俺の血だ」

あのときの血。左胸。黄色の砂が血に染まっていた。

「いや、獣の血で正しいかもしれないな。俺も獣だ」

「足だけではなく、胸もやられていたのですか？」

「かすり傷だが。あと五センチずれていたら、俺も死神に連れて行かれてただろう」

もしかすると彼は死んでいたかもしれない。この躰にのしかかる重みも、この指を濡らす血も存在しなかった。

そう思うと、全身に震えが走った。しかし同時に、なぜか躰の奥が疼いていた。今、生きて、彼がここにいるということに。

「どうした、急に気弱そうな顔をして。傷を見て、またその気になってきたのか？」

ユベールの手が僧服のボタンをはずし、乱れた襟元から胸に忍びこんでくる。男の顔を見あげ、颯也は問いかけた。

「……あなたは……どうしてあんな場所で……わざわざ私なんかを」

昨年四位の興業数。女性やパパラッチにも追いまわされる花形スター。本当なら知りあうことも触れることも叶わないような雲の上の人間だ。

そんな男がどうして、さびれた場末の酒場でとりたてて個性のない外国人を。しかも最後には本気でつきあいたいとまで言っていたが。

「おまえの匂いだ。命に執着がなさそうな、それでいて淋しげな。捨て猫に優しくして失敗したケースか。頭を撫でているうちに情が湧いてしまったようだ」

鼓膜に溶けていく甘い囁き声。この男が牛に殺されていたら、この声もなかったのだと想像するうちにぷつりと胸の粒《つぶ》が尖《とが》り、彼の指を押しあげていく。

「なら、私を……いつか……殺してくれますか？」

一瞬、指の動きを止め、乱れた髪の隙間からヘイゼルグリーンの瞳が見下ろしてくる。

「それは……おまえが俺を本気で愛したときだと言ったはずだ」

ユベールは自嘲気味に嗤った。

「いや、ダメだ、撤回する。おまえが神父なら」

「……っ」

「いずれ俺は闘牛場で死ぬ。おまえが神父なら、俺の最後の告解と葬儀を担当する司祭になれ。残念だ、牡牛なら……一緒に死ねたのに」

「あの……闘牛場で死ぬって……」

「皆が言う、俺は死神にとり憑かれたマタドールだと。だが、そうじゃない、とり憑いているのは俺だ。闘牛士になるとき、死神と契約したのだからな」

颯也は大きく目を見ひらいた。

「以前に話さなかったか？　頂点に達したあと、スペイン人のプライドを最も傷つける方法でフィナーレを飾ると」

言った。たしかにそう言っていた。

「スペインは、死からすべてが始まる国だ。闘牛場で牡牛に殺されたマタドールは英雄になり、伝説になる。そのなかで俺は最も美しいマタドールとなる予定だ。フランス人がそうなることでスペイン野郎のプライドはズタズタだ」

少し伏し目に視線を落とし、人を喰ったようにユベールは口元だけを歪めて微笑する。

「本気ですか」

「いつか死ぬなら、闘牛場しか考えられない。無駄に死ぬ気はないが」

本気ではないのか？　一体彼はなにを考えているのか。

「おまえに名誉ある仕事をやる。そのときに俺の最後を看取《みと》る告解神父であり、俺の遺体を葬る司祭だ。そんな大切な男を殺すわけにはいかないだろう」

やはり……この男は歪んでいる。相当に。

「怖いのか？　もう少し肝が据わっていると思ったが、実は健気《けなげ》で素直でかわいい神父のようだな」

言いながら、ユベールは手に力を加えてきた。乳首を指先で強く揉《も》み潰《つぶ》され、ずくりと腰のあたりに広がった奇妙な感覚に息を呑む。

「ん……っ」

礼拝室の床で、たまらず颯也は身をよじった。

なじんだ指の感触。なじんだ体温。ふたりで狂おしく過ごした時間を思いだし、胸の粒はじわじわと指先で捏《こ》ねられるうちに、そこがぷっくりと膨らんでいく。

ただ弄られているだけなのにそこが鋭敏になって鼓動が激しく脈打つ。

「ふ……っ……んっ……ん」

甘い疼きを感じてのけぞると、僧服の裾《すそ》が乱れていく。そのまままくりあげられ、ズボンに手をかけられる。下着まで剥ぎとられ、ユベールの手で腰を高くひきあげられた。

「おまえに選択させてやる」

「え……」

「いつか殺して欲しければ、俺の罪を贖罪し続けろ。でなければ、死にぎわの告解を聞く神父をつとめたあと、俺の葬儀を行え。そのためにもこれから俺の闘牛、すべて見にくるんだ」

冷酷に言いながら、ユベールの指が体中をまさぐっていく。

すべて？　バカな。なにを考えているのか、この男は。なにを自分に求めているのか。

「いやです……誰が……っ」

「だめだ」

ユベールが颯也の性器から漏《も》れる蜜に指を絡め、窄《すぼ》まった入口を軽く慣らそうとする。

耳に触れる吐息。濃密な百合の匂い。

「……っ」

そそり勃《た》った彼の性器が自分の腿の奥に埋めこまれ、重い痛みが全身に広がっていった。

「あ……あぁ……あっ！」

殺しをするときのような荒々しさで体内に入ってくるユベール。体内が無理やり歪められていくような圧迫感に息もできない。

「うっ……ぐっ」

荒々しく腰がぶつけられてくる。その乱暴な抽送《ちゅうそう》。颯也の中心からは甘い蜜が滴り、僧服の下の肌をしたたかに濡らしている。

「あっ……あっ…あぁ」

少しずつ甘い快感が広がっていく。なじみのある男との情交に、躰が自然と感じ始め、心地よさに意識が陶然となってしまう。

そんななか、颯也の脳裏に、先ほど闘牛場で闘っていたユベールの姿が浮かびあがってくる。死神にとり憑かれているのではない。死神と契約している。その意味は――。

「いいな、俺の贖罪をして、俺の告解を聞け」

颯也の腰骨をつかみ、ユベールはつながりをさらに深めてきた。

「っ……どうして……私が……そんなことを……」

わからない。そんなこと、できるわけがないのに。

「これは運命だ、死神がおまえと出会わせてくれた……だから」

運命だなんて、どうしてこの男にわかるのか。そんなはずはない。否定したい。けれど愛撫され哀咽《あいえつ》の声しかでてこない。熱い波に脳髄《のうずい》が溶かされていく。

「あ……あぁ……やめ」

「おまえがいれば……殺せる」

「どうして」

「答えは……いつかわかるときがくる」

深く奥を貫いてはひき、また鋭く突いてくるユベールの動きが勢いよく加速していく。

「いつかなんて……わかりたくな……っ」

血と死を恐れ、贖罪のためにスペインにきたのに、死の匂いを撒き散らし、日々、死神と戯れているようなこの男に惹かれてしまった。

——これが運命なのか？　それとも。

快楽の底に意識がひきずりこまれそうになったとき、ユベールの腕が颯也の腰を強くひきつけた。

『俺の闘牛をすべて見にこい』

違う、運命などこの男の勝手な理屈だ。誰が行くものか。どうしてそんなことをする必要があるのか。快楽と疑問と葛藤に揺れながら絶頂へと突き進んでいく。

深々と奥を抉られ、次の瞬間、体内でユベールがはじけるのがわかった。

「あ……あぁ……っ」

ユベールの飛沫《しぶき》が火傷しそうほどの熱さで肉襞に染みこんでいく。それを感じながら、颯也はユベールの背をかき抱いていた。

その夜、恐ろしい夢を見た。

闘牛場で自分が牡牛になり、ユベールを殺している夢を。

「————っ！」

はっとして目を覚ますと、ユベールが自分を抱きしめていた。その吐息。生きているのを確認するようにじっと見ていると、うっすらと彼が目をひらいた。

不思議そうに目を眇《すが》められ、それを無視するように颯也は窓に視線をむけた。

「……行かないと」

窓から入りこむ風の涼しさが、情交のあとの躰の熱を冷ましてくれるようだ。

そろそろ空が明るくなろうとしている。夜が明ける前に朝食の準備をし、フリオ神父の身支度を手伝うのが颯也に与えられた仕事のひとつになっていた。

「行く?」

「朝食の支度を。他にもここでは院長の世話と、隣接する慈善救済病院の病人たちのお世話も聖務になっています」

「散々男の下で乱れながら、翌朝、何喰わぬ顔で聖務を行うのか」

ユベールは躰を起こし、床に横たわったままの颯也を見下ろした。

じゃら……という数珠玉の音。見れば、彼の手のひらから引力に負けて、颯也の胸元にロザリオが落ちてくる。

胸の皮膚に触れたひんやりとした硬質な感触。それが火照った肌に心地よかった。

「じゃあ、次は十日後だ。来週、またセビーリャで闘牛をする。闘牛場にロザリオを届けにこい」

「な……」

颯也は躰を起こし、ユベールを凝視した。

「今日と同じことをすればいいだけだ。闘牛の前に、祈祷所でおまえからロザリオをあずかり、闘牛のあと、無事に生き延びたら返しにきておまえを抱く」

「ふざけないでください。そんなこと」

「ふざけてない。本気だ」

「困ります。今日、闘牛場の祈祷所に行ったのは、それが与えられた聖務だったからです。助祭の私に自由な時間はありません」

「それでもこい。修道院側には俺がかけあう」

「そんな勝手なことが認められるわけがありません。だいいち、何と説明するのですか。牛を殺したあとの興奮を鎮《しず》めるためのセックスの相手が欲しいから、神父の躰を貸してくれとでも？」

「ああ、そのつもりだ」

颯也はふっとバカにしたように笑った。

「わかりました。もしあなたが正直にそれを言ったうえで、修道院側が聖務として私に命じたのならば従いましょう」

ありえない。そんな許可が下りるわけが。ここは、仮にもカトリックの修道院だぞ。

しかしそう思った颯也の予測をユベールは見事に裏切ってくれた。

尤もそれを知るのはそれから半月後になるのだが。

†

春めいた陽射しがセビーリャの町をきらきらと煌めかせている。

まばゆいほどの光を受け、オレンジやレモン、それからミモザが花を咲かせ、アンダルシア最大の都市は、ここ何年かの異常なほどの経済不況をよそに、華やかな春祭ににぎわっていた。

古めかしい修道院の裏路地に車を停め、サングラスをかけて外に出ると、ユベールは颯也を日本から連れてきたという盲目のフリオ神父を訪ねた。

美しい噴水のある中庭に面した部屋に通されると、車椅子に座った神父が笑顔で出迎えてくれた。

「今、飛ぶ鳥を落とす勢いのユベール・ロマンが訪ねてくれるとはな。たしかおまえさんの守護聖母は、この修道院のなかにあったな」

初老の、目鼻立ちの整った凜然とした神父だった。

「ああ。だが今日はその件ではなく、あんたが世話している日本人の件できた」

小声で言うと、彼がかすかに眉をひそめる。

どういう関係かと不思議に思ったのか、それともなにか思い当たる節があるのか、判別しづらい。

「颯也なら今日はここにいない。修道院の裏にある慈善病院で介護の聖務についてるところだ」

「知ってる。あいつのいない時間をみはからって、あんたに会いにきたんだからな」

フリオはふっと意味深な笑みを見せた。

「颯也が闘牛場の祈祷所の担当をいやがるのもおまえさんとなにか関係しているのか」

「さあ、もともとあいつは闘牛嫌いだった。血が怖いらしく、闘牛のポスターの血を見ただけで思い詰めた顔をしているのを見かけたことがある。そのくせに俺の傷を見るたび、なにかにとり憑かれたような、切なそうな顔をする。変わった男だ」

「彼とおまえさんとが個人的な知りあいというのも……奇妙なことだな」

「率直に言う。彼と俺はセックスでつながってる。昨年、それぞれ素性を隠したまま知りあって。といっても、つきあわないかと誘ったとたんに振られたが」

フリオはその話を聞いても顔色を変える様子はない。盲目というだけあって、いろんなことに鋭そうな男だ。何となく気づいていたのだろうか。

「ユベール・ロマンともあろう男が、自分を振った男に未練があるのか？」

「ああ」

振られたあの日、彼のあとをつけ、アンダルシア地方の郊外にある修道院の神学生だということを突き止めた。何とか再会できないかと思っていた矢先、彼がセビーリャのこの修道院に異動してくることを知り、高笑いしたい気持ちになった。

——よりによって、俺の守護聖母の教会にやってくるとは。

やはりあの男は、死神が与えてくれた贈り物だ。そう思うと急に楽しくなり、彼を盛大に驚かせ、最も劇的な再会ができるよう、この前の闘牛のときまで会いに行くのを我慢していたのだ。

「で、おまえさんは彼を愛しているのか？」

「いや、俺は誰かに愛情を持ったりしない。あいつを抱くのが好きなだけだ。だからあいつが欲しい。殺しをしている俺の贖罪を祈らせ、俺が死ぬときの告解神父と葬儀の司祭をつとめてもらうつもりだ」

「おまえさんは……彼に何という残酷なことを。彼が神父だから、よけい固執するようになったのか」

「そうだな、地獄へのいい案内人になる」

ユベールが冷ややかに微笑すると、初めてフリオ神父が怪訝《けげん》そうな表情を見せた。

「だから彼が欲しい。そのため、私の許可をとりにきたわけか」

「ああ。颯也が言ってたからな、まさかそんな許可が下りるとは思えないが、修道院が赦してくれるなら俺との関係を続けてもいいと」

フリオはおかしそうに笑った。そしてユベールに手を伸ばしてきた。

「話をしながら、彼が働いている病院の聖堂に一緒に行かないか。彼の働く姿を見学しよう」

フリオはそう言うと、ユベールに車椅子を押すよう、促した。

彼の車椅子を押し、修道院の外に出て、すぐ裏にある病院にむかって歩いていく。

白地に青で模様が描かれたタイルで彩られた中庭を通り、病院の隣に建った数百年前にできた聖堂へとむかう。

祭壇の前では、ミサ服を身につけた少年合唱団の涼やかな声で奏でられる聖歌が聖堂内に反響していた。

その薄暗い石造りの建物に入ったとたん、ユベールは鼻腔を襲った甘い匂いに一瞬で噎《む》せそうになった。

甘く絡みつくような匂い。どこかで嗅いだことのある香りだ。教会特有の。躰の深淵に刻みこまれているなにかを呼び覚ますような…。

息苦しさと馨《かぐわ》しさと狂おしさ。そんな感情がドッとあふれ、胸を襲ってくる感覚……これはいつも颯也からしていた匂いだ。そして幼いとき、父からも……。

「甘い匂いに酔いそうだ」

「先ほど、儀式があったようだ。聖堂に飾られた白百合と、儀式で使用した乳香とミルトの香りが混ざりあっている」

いつも颯也から揺らぎでている甘い匂い。それに耳に溶けこんでくる聖歌。まったく異なる場所にいるはずなのに、目を瞑《つむ》ると、ふと昔に見た光景を思いだしそうになり、狂おしい気持ちに駆られてきた。

――何だろう、この感覚は。

なにか大切なことを思いだせそうで思いだせないもどかしさを抱きながら、聖堂の上に飾られた絵画に視線をむけた。

おどろおどろしい二枚の絵だ。一枚は、腐敗しかかった聖職者の遺体の絵。もう一枚は、骸骨が秤《はかり》をもっている絵。人間の命は束の間だとラテン語で記されている。

見えてもいないのに気配でわかるのか、フリオはユベールが見あげている絵について説明を加えた。

「命は束の間、そして死の前にはすへての人間が平等に無力であると記されている有名な絵だ」

「本当は見えているんじゃないか」

「まさか。すべて記憶に刻まれているだけのことだ」

記憶に。むしろそのほうが多くのものが見えるのではないかと思いながら、聖堂の戸口を見たとき、中庭で老人の介護をしている颯也の姿が見えた。

円柱の影からユベールは颯也の姿をたしかめた。

「あいつの仕事は、あれか？」

「ああ。他にも月曜から金曜まで、朝六時半の聖餐式《せいさんしき》から午後十時半まで聖務がある」

「初めてあいつを抱いたとき、スペインにきても彷徨《さまよ》ったままだと言っていたが」

フリオは少し意外そうに片眉をあげた。

「颯也は、そんなことを言ったのか？」

「なぜ彼が投げやりなのか知らないが、あいつからは危うい弱さを感じる。いつも人恋しそうな顔をしているくせに、言動はつっぱっている。血が怖くて死を恐れる一方、俺の死や傷を異様なほど気にする。クールそうに見て、実は健気でまっすぐなところもおもしろい」

「そうだな、彼は弱くて優しくて情の厚い男だ。だが他人の前では強がり、人のために動くことを第一とするような性格だよ。母親と妹のため、大学進学をあきらめたのも、職場での人間関係でうまくいかなかったのも、彼が他者の痛みをそのまま受け止めてしまうからだ。私のこの目や足に対しても、彼の責任ではないのに、罪の意識を感じている」

「目や足？」

「火災のときに彼を助けようとして負傷した。彼はそれも自分の罪だと思い、身命をけずって尽くしてくれている」

そういうことか。だから心地よかったのだ。彼は愛する人間のためならとことん自己を犠牲にできるのだ。何の苦もなく示してしまう自己犠牲の精神。

「他者の弱さや痛み、そして喪失の痛みにいちいち共感していたら、神父なんてやっていけないだろう」

「そうだな。まわりの司祭たちは、彼が神父になるのに必要な『従順の徳』に欠けていると指摘しているが、彼に本当に欠けているのは覚悟と強さだ。他者の痛みも己の罪も喪失の恐怖も、すべて受け入れるという」

この男、人が悪い。彼に過酷な課題を与え、それを乗り越えた先にある本物の神父としての道でも掴ませようとしているのか。

「あんた、イヤな神父だな」

思わず罵倒するように呟いていた。

「見えないからこそ見えるものがある。彼のためになにが必要か私にはよく見える。もちろん、おまえさんからもいろんなものが見えてくる」

俺からも？

片眉をあげたユベールの手をつかみ、フリオ神父は焦点のあわない目でこちらの内部をさぐるような表情を見せた。

「血の匂いがする。夥《おびただ》しいほどの血。殺した牛ではなく、人間の血が見える」

「俺の噂は……知っているだろう?」

「ああ、ユベール・ロマンを愛した人間は、冥府の神に愛される、という」

「そうだ、俺を愛した人間は死ぬ」

最初は父だ。そして次は、父の死をみとった神父。一時期、躰の関係があった女優。マネージャー、スタッフ……。それからユベールがマタドールになれるように育ててくれた闘牛牧場のオーナー。父親のように慕っていた彼がよく言っていた。

『ユベール、俺の生徒のなかで、一歩まちがうとあの世に逝《い》ってしまうような闘牛をするのはおまえだけだ』

だから答えてやった。

『最初からあの世に逝くつもりでやっている。いずれ闘牛場が俺の墓場になるだろう』

死を恐れないという、無鉄砲で命知らずな闘牛をする気はない。最高の地位にたどりつくため、死神との契約も恐れる気はないだけのことだが。

そんなユベールに惚れこみ、彼は全精力を注いでくれた。

だがその思いが重くて、ユベールは闘牛場にデビューしてすぐに彼の下から去った。しかし彼は自分がユベールを育てたという意識が捨てられず、執拗に関係の修復を求めてきた。それでも頑として応じないと、その恨みから悪評を流し始めた。そうした執着がわずらわしくて二度と目の前に現れないで欲しいと言った矢先、闘牛場でユベールが初めて牛の角に襲われ、何度も突きあげられてサッカーボールのように振りまわされることがあった。そのとき、彼はユベールを助けようとして大怪我を負って、それがもとで一カ月後に亡くなった。

それ以降も、スタッフ一名、三人の恋人があの世に逝ってしまった。ユベールを深く愛し、その思いが面倒で突き放したやつばかり。

「俺は闘牛場が墓場になるような闘牛しかする気はない。いつも命がけだ。それが観客を興奮させる。だが観客という枠を超え、俺自身を愛した人間は、異常な恐怖と戦慄をおぼえ、俺に執着する。そしていつしか彼らが死神にとり憑かれてしまう」

だから心地よかった、死からのがれようと、闘牛を忌み嫌っていた颯也の存在が。その心地よさが忘れられず、二度目三度目の情交を重ねた。

けれどこの男なら闘牛士としてでなく、ひとりの人間としてつきあえそうだと思った矢先、彼が自分の前から消えてしまった。

それでいいのかもしれない、死神が嫉妬したのかもしれないとあきらめようとしたが、追いかけてしまった。

彼がセビーリャの教会の神父だと知ったときに感じた歪んだ喜悦が忘れられない。

きっとこの男は自分を愛さない、闘牛士だと知っていっそう心のなかからユベールの存在を排除しようとするだろう。

だからこそ死なない、永遠に喪《うしな》われることがない相手。と同時に、自分の死を見届けてくれる聴罪《ちょうざい》司祭を発見した喜び。

闘牛場で死ぬときまで、彼以外、求めない。

彼さえいてくれればいい。これが愛なのか、永遠に喪われない相手への執着なのかわからないが――どうしようもなく彼が欲しいのだ。

「今年の俺の稼ぎの三分の一をこの教会に寄付してもいい。だから彼に俺のところに出向くように言ってくれ」

「三分の一？　すでに百万ユーロはあると耳にしたことがあるが」

「ああ、だから……」

百万ユーロ（約一億円）。それで心を動かさない者はいないだろう。

「わかった。では颯也に少し猶予《ゆうよ》を与えよう。どのみち、従順の徳がないとして、彼を神父不適格と考える者も多い。だからその前に、一度、死刑囚と対峙させるのも悪くない」

「死刑囚？　俺がか？」

「違うのか？」

死刑囚――そのとき、彼の見えない目に心の奥底まで見透かされている気がした。

――こういうくせ者が颯也の師だったとは……。ますます楽しくなってきた。

ユベールはフリオと約束を取りつけ、修道院をあとにした。

5　闘牛士の一日

もうまもなく時計が午後四時半を指そうとしている。

スペインでは昼寝《シエスタ》の時間だったが、ユベールはろうそくの灯ったホテルの一室で付添人《モソ》のルイス・パブロに衣裳への着替えを手伝ってもらっていた。

「きつくないか?」

「問題ない」

闘牛用のズボンは躰に密着させるため、単独ではつけられない。こうやって部屋の中央に立ってじっとしている間に、付添人がつけることになっていた。

床に膝をつき、パブロがユベールのズボンの紐《ひも》を結んでいる。

闘牛の日——闘牛士はたとえどれほど近くに住んでいてもホテルで着替えて、そこから闘牛場におもむく。

ユベールもこのセビーリャの近くに家を持っている。

清掃と洗濯をまかせている通いの使用人がいるのみの、闘牛の衣装や荷物が置かれているだけの場所。

その真向かいにある廃屋となった昔の馬術練習場を自分の練習場にしている。一度、颯也《そうや》を連れていったところだ。そのあたりには幾つも有名な闘牛牧場《フィンカ》があるので、時々、そこで牡牛を購入し、練習をしている。

——颯也が俺のところにきたら……あの家に住まわせるつもりだったが。

フリオ神父は、『颯也に猶予を与えよう』と言って、ユベールのもとにこさせると約束した。

しかし先週の土曜の闘牛のとき、彼はホテルを訪ねてこなかった。

修道院が許可すれば、ユベールのところにくると言っていたのに。

——まあ、素直にくるようなやつなら……おもしろくも何ともないが。多少、反発するような手応えのある相手のほうが燃える。

仕方がないので闘牛のあと、彼を訪ねて行ったが、聖務の途中ということで会うことはできなかった。

そして今日、セビーリャでの三回目の闘牛。

ユベールにとって春祭の最終日にあたる。

颯也が絶対にここにこなくてはならないよう、修道院に祈祷用の聖母像を届けさせるようにと名指しで依頼しておいた。

もうじきやってくるだろう。彼にはいい迷惑だろうが。

だがそうして反抗的な態度をとられればとられるほど征服欲が刺激され、いっそうねじ伏せたい衝動に駆られる。

我ながら歪んだ性格をしていると思うが、自分に無関心な闘牛と出会ったときのほうが血がさわぐ。そういう性分なのだ。

「ユベール、今日の闘牛次第でおまえがセビーリャの春祭《フェリア》の最優秀賞《トリンファドール》に選ばれるだろうな。三月の火祭《ファジャス》の闘牛は同じマネージャーのサタナスが選ばれてしまったが」

パブロがウエストに巻く黒いサッシュの位置を確認していく。

白髪まじりの髪、灰色の瞳。パブロはユベールの父親が現役だったとき、トップクラスで活躍していたマタドールだ。

一度、父の地元――南フランスのアルルの闘牛場で二人は一緒に出場した。

そのとき、パブロが父に面と向かって言っていた言葉をユベールは今もはっきりと記憶している。

『おまえのような負け犬臭のするフランス野郎と一緒に出場するのは、おまえが俺のいい引き立て役になってくれるからだよ。地元で、本物のスペインのマタドールが観客を熱狂させる姿をじっと見ていろ』

彼の言葉をうつむきながら聞いていた父の後ろ姿は忘れられない。

結局、父はそのときのアルルの闘牛場で大怪我を負って再起不能となった。

一方のパブロも、その後、飲酒運転で大事故を起こし、負傷して引退。

父のように闘牛場で負傷したわけではないため、闘牛士保険もおりず、その後の転落人生は絵に描いたようで、麻薬と酒に溺れて投獄されたこともあった。

負け犬と父を罵った男がどん底まで堕ち、かつてバカにしていた男の息子に食べさせてもらっている。

厚顔無恥にもほどがある。何て惨めな末路か。と普通なら思いそうなものだが、そんな意識は彼のなかにない。闘牛界の人間も誰もそうは思わない。なぜなら掃《は》いて捨てるほどよくあるケースだからだ。

「……最優秀賞か。今日、一緒に出る闘牛士は？」

「アルゼンチン出身のロサリオ。闘牛界のメッシと呼ばれている生意気なタンゴ野郎だ」

タンゴ野郎。自然と彼の口から出てくる言葉に、ふっとユベールは鼻で嗤った。あいかわらず差別意識の激しいやつらだ。

「闘牛界のメッシね。たしかにマラドーナにたとえるには、あいつはイケメンすぎるし、かなりの切れ者だからな」

「もうひとりは正闘牛士になったばかりのディエゴという若い男だ。セビーリャ出身で、おまえの大ファンなので、愛するおまえとセビーリャの闘牛場に立てると大喜びしているそうだ」

「愛するだと？　気持ち悪いやつだ」

「だがインタビューでそう答えていたぞ」

「死んでも責任はとらないぞ」

「あいつが死んだときは、またおまえの伝説が増えるだけだ。ユベール・ロマンを愛した人間が再び死神にとり憑かれたという」

「迷惑な伝説だ」

ユベールは窓際に立ち、青空の下に広がるセビーリャの街を見つめた。

彼がわざわざユベールの名前を出してくるのは、注目されたいという気持ちと、闘牛場の観客を味方につけたいという目的があるからだろう。

このセビーリャはユベールにとって第二の故郷のようなものだ。十歳のときに養子先から家出をし、十六歳でデビューするまでこの地で闘牛を学んだ。

それゆえ、セビーリャには支援者が多い。そこでユベールの名を出せば、そういった連中からの好意的な声援が得られると思ったのだろう。

「野次《やじ》られて退場するのがイヤなんじゃないか。セビーリャの観客は目利きが多くてうるさいからな。肝の小さな闘牛士だ」

「仕方ない、下手な闘牛をすれば、野次の嵐だ。あれは恐ろしいものだ」

「それよりは死神にとり憑かれたほうがマシだが……俺の名を出すとは。不吉な発言はしないほうがいいものを」

「おまえだって不吉な発言をしているじゃないか。神の加護はいらないだの、死神を弄んでやるだの」

「俺はいいんだ、まだ殺されない」

ユベールは尊大に笑った。闘牛場に出るとき、自分で何となくわかる。まだ死なない。まだここで自分が散ることはない、と。

「できたぞ」

最後に薄い水色のジャケットをはおり、漆黒のネクタイを整えると、金の刺繍で飾られた光の衣裳をまとった闘牛士の姿が完成する。

「美しい。おまえほど絵になる闘牛士は見たことがないな」

感心したように言っているが、別に彼はユベールを愛してはいない。最高のマタドールのところで仕事をしていることに誇りを持っているだけで。

——情けない男だ。ふつうは憎むだろう。

成功している闘牛士への嫉妬。過去の己へのやりきれなさ。そういうものが剥きだしになっているのもこの世界の特徴だ。

「美青年として名高かったオヤジゆずりの容姿と鋭い感受性、魔性の女とあだなされる母親ゆずりの悪魔的な色気とふてぶてしさ。この件に関しては、両親に感謝している」

「いや、おまえは父親と違って容姿と感受性だけの闘牛士じゃない。才能、技術、人気、それから悲劇的でドラマチックな生い立ち。フランス人でありながら、スペイン人が好むものすべてをそなえている。まちがいなく二十一世紀を代表するマタドールとして名を残す」

あとは栄光の絶頂で闘牛場で殺される。それで最高のマタドールの完成だ。

その瞬間を想像しただけで、口元が歪む。

「そうだな。ついでに両親の屈折したDNAにも感謝しないとな。おかげでこの世界で生き残っていけるだけの力があるわけだからな」

それから父の気弱な負け犬根性と母の厚顔無恥《こうがんむち》でだらしない性格を受け継がなかったことにも感謝をして。

「じゃあ、そろそろひとりにしてくれ」

テーブルの上のろうそくに火をつけたとき、扉をノックする音が聞こえた。

「失礼します、よろしいでしょうか」

むこうから聞こえてくる覚えのある颯也の声。

五時前に、部屋に聖母像を届けにこい、そう言った通り、あの日本人がやってきた。

「入れ」

扉がひらく。ふわりとろうそくの灯心が揺れ、いぶかしげになかの様子をうかがう颯也の繊細な顔が薄暗い室内に浮かびあがる。

「扉を閉めて入ってこい」

「はい」

彼が静かになかに入ってくるのを見ながら、パブロが腕を組み、怪訝《けげん》そうに尋ねてくる。

「今度の相手は神父か。ミステリアスな東洋人だな」

「祈りを手伝ってもらう」

「祈りね。神父なんて相手にしてると死神に嫉妬されるぞ。……神父さんも気をつけるんだ、こいつに殺されないように。この男を本気で愛したら……死ぬぞ」

パブロは颯也に耳打ちし、廊下に出ていった。

「愛したら死ぬ？」

「もののたとえだ」

冗談めかして言ったせいか、颯也はあまり深くとらえなかったようだ。

愛したら死ぬ。けれどその先には、別の意味が隠れている。愛だけではない。愛と憎しみを抱えたときに死ぬのだ……という。

父もそうだった。そして最初のマネージャー《アポデラード》も。

捨てないでくれとすがる彼を振り切り、彼よりも優れたエージェントのところに移籍した。その数カ月後、闘牛場で牡牛に倒されかかったユベールを助けようとして、代わりに逝ってしまった。

くるな、これは俺の勝負だと言ったのに――――そうでもして、こちらの記憶に刻まれたかったのか、それともそれこそが彼の復讐《ふくしゅう》だったのか。

だがそうしたことをいちいち颯也に説明する気はない。面倒くさかった。

「あの、さっきの男性ですが……私をあなたの恋人だと勘違いしていませんか」

「その件だが、フリオからなにも聞いていないのか」

問いかけると、颯也はひどく困った顔をした。

「フリオ神父から、今シーズン、あなたのスタッフとして働き、巡業に同行するようにと言われましたが……どうしてなのか理解できません」

「年収の三分の一を修道院に寄付した。ざっと百万ユーロ。正式な仕事のオファーだ」

「そんな大金を……どうして」

「説明はあとだ。そろそろ闘牛場に行く時間だ。そこに聖母像を置いてくれ。いや、その前に帽子をここに」

颯也はテーブルに置かれた帽子に視線をむけた。

「それは闘牛士の帽子ですよね」

「さわってみろ。堅いぞ」

颯也の手首をつかみ、帽子に触れさせる。別にきどっているわけではないが、内側の裏地を赤にしている闘牛士が多いなか、ユベールは裏地をあざやかなコバルトブルーにしている。

血の色より天空の色にしたかっただけだが、そのことでも『フランス野郎が格好をつけて』という言い方をされる。

「変わった形をしていますね」

「ああ、これをかぶるたび、俺は自分がネズミのマスコットになった気がする」

「え……」

「アメリカとフランスにある遊園地の有名なマスコットネズミだ」

闘牛帽の両脇にあるふたつの出っぱりを指さすと、それまで冷ややかな表情をしていた颯也がわずかに口元をほころばせた。

ろうそくの火に照らされたその顔はじっと眺めていたくなるような美しさだった。

「その遊園地なら日本にもありますよ」

「日本人も遊園地に行くのか？」

「日本人は遊園地が好きですよ」

「おまえも？」

「ええ、たまに休日に家族で行ったことが」

「楽しかったか？」

「そうですね。父はもういなかったのですが、母と年の離れた妹と一緒に……」

やわらかな声で話す彼をユベールは目を細めて見下ろした。

優しい眼差し。しかしとても淋しそうだ。たまに休日に遊園地に行く家族。母親と年の離れた妹とともに。

平凡だが、まっとうな家庭で育ったのだろう。頭もよさそうだし、性格は堅苦しいほど生《き》まじめだ。他人に優しく、思いやりや気づかいにも満ちている。たまに見せる投げやりで厭世的《えんせいてき》なところは、フリオへの罪の意識か。

「では、聖母像はそこに」

付添人が作った祭壇に、颯也は手にしていた聖母像を置いた。

「それからロザリオを」

手を差しだすと、彼は「いえ」とかぶりを振った。

「申しわけありませんが、これはお貸しできません。その代わり、あなたの幸運《スエルテ》と神の加護を祈らせてください」

「必要ない、祈りなど。幸運だの神の加護だの——つまらない言葉を俺に吐くな」

高圧的に言うと、颯也を壁に押しつけた。この前のようにその襟元に手を延ばし、ロザリオに手をかける。

「加護は必要ない。闘牛場で死神がくるのを待っているのに」

「この間もそんなことを言っていましたが……あなたは本気で」

「そうだ。人には言うな。知っているのはおまえだけだ」

「もちろん、人に話したりしませんが……」

「スペインの観客は心のどこかで闘牛士の死を求めている。彼らは闘牛士の死体を欲しがっている。だからおまえ以外に知られたくない」

「待って。いくらなんでもそんな残酷なことが」

颯也はそこまで言って、ユベールの表情を見て悟ったらしく、表情をこわばらせた。

「あるんだよ、この国では」

生《ヴィダ》と死《・イ・ムエルテ》、愛と哀しみ、栄光と悲劇……。こういったものに異常なほど反応し、激情に酔いしれるのが好きな民族なのだ。

光と影の国と呼ばれているのは、そんな人間の本質的な部分だ。

観客にその秘密を知られればどうなるか、想像がつく。彼らはユベールが死ぬまで満足しようとしないだろう。悲劇に酔いしれるために。

「牡牛に殺される前に、観客の餌食《えじき》にされてしまうような、そんな死はごめんだ」

自分が望んでいるのは、闘牛士として頂点に達したときに散りたいというだけのこと。観客の飢えを満足させるためのものではない。

「では、今日、死ぬということも、あり得るわけですか」

不安そうな彼の顔を見ていると、ふっと胸の奥で仄暗い焔が灯《とも》る。

もっとこんな顔をさせたい。今の彼にはこちらを心配する気持ちと、これまでの関係からのちょっとした情はあるだろう。

そこに深い愛の色が欲しい。こちらを狂おしく愛したとき、この男がどんな顔をするのか、他人のために自分を犠牲にすることをかえりみないこの男がどんなふうにすべてを投げだしてくるのか――それが見たい。

「今日死ぬかどうかはわからない。だがゼロとは言えないし、伝統あるセビーリャの闘牛場が俺の墓場になるのなら、それはそれでけっこうな話だと思っている」

彼の反応を試《ため》したいのもあり、わざと自分の死を恐れさせるようなことを口にする。といっても、あながち間違った言葉ではないが。

「だから……俺を見にこい。ずっとそばにいろ」

この男に自分を愛させたくて疼《うず》いてくる。

愛だけを貫いてくるか。それとも他の人間のように憎しみをむけてくるか。

「フリオ神父が言っていた。俺という死刑囚のそばで、おまえの心を鍛えたいと考えているらしい」

「私の？」

意外そうに颯也が眉をあげる。

「このままだとおまえは従順の徳がないとして――つまり信仰心に欠けているとして、助祭から司祭に叙階するのがむずかしいらしい。優しすぎるのが原因だと言っていたぞ」

「フリオ神父がそんなことを」

なにか思い当たる節があるのか。

「闘牛士を死刑囚に喩《たと》えたのは、あの野郎が初めてだ。意地の悪いジジイだ」

颯也のロザリオを首から外すと、ユベールは彼のなめらかな黒髪に指を埋めた。かきあげるといつも清流のように指から逃げて心地いい。そしてそのまま唇を重ねた。

「ん……っ」

全身を固くこわばらせる。しかしどこかあきらめた様子で身を任せてくる。こういうところは愛らしい。甘く咬み、ひとしきり唇を吸ったあと、ユベールは自分の胸にロザリオをかけ、ブラウスの奥に入れた。

「ロザリオはあずかる。そして生き残ったら、おまえを抱いてこれを返す」

風もない雲もない濃紺の夜空から大地に月の光が降りそそぐなか、ユベールが運転する一台の大型車がアンダルシアの大地をゆったりと駆けぬけていく。

颯也がユベールのスタッフに加わって一カ月が過ぎた。

今夜は彼とふたり、車に乗り、マドリードから次の興業地のグラナダにむかっていた。

闘牛士は昔から、どんなに遠くても興業地から興業地へ車を使って移動する。

運転手付きの車で移動する者もいるが、トップクラスの闘牛士でも、自分の運転する車で移動する者のほうが多い。

車が市街地を出ると、明かりのない黒々とした大きな道路が延々とまっすぐ遠くまで伸びていた。

グラナダまではほぼ一直線に南下するだけでいい。

大型バスやダンプカーもよく利用している道だが、夜半に通りぬける車は少ないので早く移動できる。颯也に言わせると、この国の道路は日本の道路に比べて、信じられないほど車の数が少ないらしい。

「疲れたのなら、寝ていろ」

ぼんやりと遠くを見ている颯也に声をかける。

「あ、いえ、あの、それより運転を代わります。闘牛のあとで疲れているでしょう？」

「たいしたことはない。グラナダなんて四時間でつく。近いものだ」

先週はもっと大きな移動をした。

スペイン一といわれるマドリードのベンタスで闘牛をしたあと、一晩かけて車で南フランスまで移動し、そこで闘牛をして、その日の夜に車でスペインに戻り、翌々日にマドリード近郊のアランフェスで闘牛を行った。

先々週はマドリードと、アンダルシアの海沿いの街サン・ルカール・デ・バラメダとを往復した。片道七、八時間の距離だった。

こんなことは、トップクラスの闘牛士《トレロ》にとってはごく当たり前の日常だし、真夏に比べるとまだ気候がおだやかな五月ということでずいぶん躰は楽だ。

「運転は自分でやる。それより俺が気になるのは、おまえが闘牛を見にこないことだ。いつでも告解神父になれるよう、準備をしてこいと言ってるだろう」

颯也ははっきりとした口調で反論してきた。

「それはお断りします。あなたのスタッフとして興業地にはついていきます。旅の途中も自宅での雑務も手伝います。ですが、闘牛は見ません。練習場にもついていきません」

それが彼のプライドなのか。

神父としてホテルの寝室に祭壇を作り、ロザリオを渡す。けれど闘牛場にはこない。見ようともしない。たとえテレビでも。颯也はそう決めているようだ。

それを知りながら、ユベールは、毎回、彼の部屋に関係者席のチケットを置いていく。いつかくることがあると思って。

しかし今のところ、彼はホテルに残ってユベール宛の書類の整理や衣服の洗濯、食事の手配など、雑務を行っているだけだ。

だが闘牛が終わったあとのユベールとの歪《いびつ》な情交は受け入れている。

今夜もそうだった。

シャワー室に連れこみ、湯を浴びながら彼の胸を壁に押しつけ、後ろから立ったまま狂ったように求めた。

浴室のタイルにきりきりと爪を立て、その体内に精を放つまで身をまかせ続けた。

乳首をつまむと、それだけで全身をわななかせ、『気持ちいいのか？』と耳元で問いかけると、かすれた声で『すごく』と答える。

そのときの颯也の切なそうな狂おしげな顔が、うっすらと湯気で曇っている鏡に映っていて、ますます欲望に火がついた。

甘い声をあげ、体内でユベールの牡を締めつけ、こちらの欲望を必死にうけいれようとする颯也。

まるでふたりの『生』をたしかめるかのようだった。

——いつか颯也は俺を愛するようになる。そうなれば、いやでも闘牛場にくることになるだろう。俺の身を案じ、俺の命があることをたしかめるために。

そのとき、自分が彼をどうしたくなるのかは、わからない。

他のやつらのように、その情愛の重さがイヤで捨てたくなるのか、それともなにも感じないのか。

とりあえず今は気に入っている。

他人とここまで密着した生活をするのは初めてだが、彼はいつも空気のように自然にそばにいて、決してユベールが不快に感じる領域には入ってこない。

相手への細やかな気くばり。自己犠牲の気持ち。そういうものが強い男だというのが日常をともにしているとよくわかる。

途中で休憩《きゅうけい》をいれず一気に国道を進み、グラナダの街に到着すると世界遺産のアルハンブラ宮殿が町の丘陵《きゅうりょう》に見えた。

仄明るい夜明けの霧が包むなか、丘の上でライトアップされ、ふわりと浮かびあがるように見える赤い城はいつ見ても幻想的な美しさだ。

闘牛場から少し離れた場所にあるアメリカンスタイルのホテルに到着すると、すでに駐車場にユベールのスタッフ用のワゴン車《フルゴネータ》が停まっていた。

パブロに到着したというメールを入れると、フロントでキーをうけとって最上階のスイートルームにむかう。

「明日は七時起きだ。いいな」

七時にアラームをセットし、颯也に言う。

「七時？　早くありませんか？　あと一時間もありませんよ。牡牛の抽選会《ソルテオ》は、十一時か十二時くらいでは」

その日、どの牡牛と対峙するかは、午前中の抽選会で決まる。スタッフが代わりに行く場合もあるが、ユベールはすべて自分で行っていた。

「アルハンブラに連れて行ってやる。だから」

ユベールはポケットから細長いチケットをとりだした。それは朝一番にアルハンブラ宮殿のなかにある王宮に入場できるチケットだった。

「え……っ……これって」

白いチケットを手にとり、颯也が驚いて目をひらく。

「行ったことがないと言ってだろう？　見ておけ。感動するぞ」

少しとまどったような、けれどどこかうれしそうな顔をした。

以前に家族の話をしていたときのような優しい表情だ。こういう顔をされると、サプライズプレゼントを用意してよかったと思う。

「うれしいです。ありがとうございます。あの、でも大丈夫なんですか、そんなところに行ったりして」

「大丈夫だ。どうせ人数制限されているし、その時間帯は人も少ない。それにあれほどメジャーな観光地にユベール・ロマンがくるなんて誰が考える。会っても気づかないだろう。気づいたやつは、わあっ、ラッキー、今日の運勢は最高だっ、てことで終わりだ」

冗談めかして言うと、颯也はひどく満たされたように微笑した。

時々、彼は清雅な白い花がゆるやかにほころび、ほんのりと甘い匂いを漂わせるような笑みをみせる。

そんな顔をされると、胸の奥に熱い疼きを感じ、そのままキスしたくなる。

「颯也」

彼の肩を抱き、ユベールは白い頬に唇をよせた。触れるか触れないかといった距離でなめらかな皮膚を撫でたあと、しっとりと唇を押しつけていく。

「……っ」

とまどうような彼の吐息と長い睫毛《まつげ》が肌に触れ、彼の毛先からふわりと優しい香りが漂う。くすぐったさと、腹の底に芽生え始める甘ったるい刺激。

アルハンブラに行くのでなかったら、このままベッドに押し倒し、またその身を貪ってしまったかもしれない。

闘牛のあとでもないのに、どうしてこんなに制御できない衝動を感じるのだろう。

不思議な気持ちになりながら、ユベールは颯也の唇を吸っていた。アラームが七時を告げるときまで。


朝、ひっそりと静まり、なにも動いていない時間帯のアルハンブラ宮殿は、甘く、やわらかく、さわやかな澄みきった空気に包まれていた。

宮殿までの道の両脇に空を覆いそうなほど糸杉が立ちならび、時折、顔を出す赤茶けた城壁のむこうに朝の光を浴び、古いグラナダの街がきらきらと輝いている。

王宮に入り、真っ白な大理石でできた泉の間を通りぬけると、天人花《アラヤネス》の白い花が咲くパティオ。一筋の波紋も広げていない細長い水面に、茶褐色の宮殿と青々とした蒼穹が映しこまれている。

続くライオンのパティオ、それから人気のない回廊やプールのように広い泉の前をぬけ、イスラム風の庭園で有名なヘネラリフェ庭園へとむかう。

ルビーレッドのケイトウの花やブルーのプルメリア、それから白い夾竹桃《きょうちくとう》の花影を通りぬけるたび、木漏れ日が颯也の頬に優しい影を作る。

吹きぬける風に煽られ、時折、髪が乱れるのを止めようとする指の動きが上品で美しい。視線があうと、ほほえむ愛らしさ。

そういう颯也の表情を自分が作りだしたのだと思うと、少し得意げな気持ちになる。

他人の表情ひとつに喜んだり、仕草に見入ったりするような、こんなことはユベールにとって初めての経験だった。

やがてふたりは糸杉にかこまれた細長い水の庭園――ヘネラリフェにたどりついた。

しんとした緑の空間に、どこからともなく漂う甘い花の香り。さわさわと風に揺れる木々がみずみずしい水の匂いまで運んでくるようだった。

「あっちへ行こう。アラブ人とヒターノの住居が見える」

断崖のようになった城壁に立つ。

眼下のほうに細い川が流れ、かつてアラブ人たちが住んでいたアルバイシンという入り組んだ迷路のようになった地区が敷地を広げている。

「すごい。空気の層が違う。時が止まったように街がまだ静まっていますね」

「ああ、ここは朝と夕刻が一番美しい」

「あの丘は、夕陽を浴びると真っ赤に燃えているように見えるんでしょうか」

颯也は風に揺れる髪を指先で押さえながら、目を細めてちょうど真向かいにそびえるサクロモンテの丘に視線をむけた。

「案内してやりたいが、残念ながら、夕方は闘牛の時間だ。俺は闘牛場のなかからしか夕陽を見たことがない」

「それなら……私も夕陽は見ないことにします」

それなら闘牛場に行きます、とどうして言わないのか。

苛立ちを感じたが、それよりも空気の清澄さとふたりで見ている風景の美しさに、ちょっとしたことは許してしまいたくなる気分だった。

目の前は、サボテンと草が生えた乾いた土の丘陵。

真っ白な洞窟住居がいくつも並んでいる。

奥のほうは細い路地がはりめぐらされたあの一角もアルバイシン同様に迷路のようになっていて、見知らぬ者が足を踏み入れるとたちまち迷子になってしまう。

フラメンコ発祥の地といわれるように、あの丘には今もヒターノ《ジプシー》たちが住み着いている。ショーを見せるタブラオや、ダンスや歌を教える学校もある。

「あの丘も今度連れていってやる。たまにひとりになりたいときに行くんだ」

彼の横に立ち、彼の肩に手をかける。こんな奥のほうまで、朝早くにやってくる観光客はいない。いたとしても、海外からの少人数のツアー客くらいだ。

「セビーリャからわざわざあそこまで？」

「ああ」

朝の光を反射して美しくきらめく白い家々。けれどあの白さのむこうには、どうしようもないヒターノたちの人生の影が深く刻まれている。

スペインのなかで激しい差別をうけ、フラメンコダンサーか闘牛士になってのしあがっていく以外ない民族のどうすることもできない苦しみ。哀しみ。その怨念のような思念が渦巻いている。

「あそこはきっと磁場が違う。このアルハンブラもそうだし、バチカンもクスコもそうだが、血腥《ちなまぐさ》くて重苦しい歴史のある場所にいくと、そこで生きていた人間の思念のようなものを感じて、なぜか全身が総毛立つ」

そう、闘牛場に立つときのような感覚とでもいうのか。

「だからおちつく。ふっと魂をもっていかれそうな妖《あや》しさに心地よい緊張をおぼえて。きてはいけないような場所にきたような気がしておもしろい」

不思議だ。こういう話もこれまで誰にもしたことがなかったのに、颯也にはなぜか話したくなってしまう。冥《くら》い水の底から、すぅっと語りたい言葉が浮かびあがってくるように。

「あなたは……私が思っていた以上に……」

「ん……?」

「いえ、あなたがどうしてトップクラスにのしあがったのか……わかる気がしたんです。見ているもの、感じているものが他の人間とは違うから」

その瞳から感じるこちらへの思慕。胸の奥にサングリアを飲んだときのような甘酸っぱい酔いに似た疼きを感じ、またキスしたい衝動が押しよせてきた。

「かわいいことを言う」

指から逃げるなめらかな髪をそっと梳きあげ、白い頬に唇を押し当てる。ぴくりと肩をこわばらせ、困ったように颯也が小声で言う。

「誰かに見られたら」

「気にしない」

まわりを気にしている風情が楽しくて、その後頭部を手のひらで包みこみ、今度はじかに唇を吸って、口内に侵入していく。

どうせここは天人花と糸杉の陰になっている。

入場制限されている一角なので大丈夫だと知りつつも、人目をはばかりながら、世界遺産の片隅で濃密なキスをするのは、花の蜜酒を飲んでいるような甘い刺激がある。

これまで颯也といるところを、パパラッチには何枚か撮られている。だがいち早くパブロがそれを見つけ、金を払って買いとっている。

――男の愛人がいる、ホモだ《マリコーン》、闘牛界の恥さらしと言われたところで、俺はまったく気にしない。実力を見せつければ、いいだけだ。

ただイヤなのは、それが原因でこの男が離れていくことだ。

こいつはそういうことに気を遣うタイプだ。絶対に離れていく。そんなことになったら人生がつまらなくなる。

「颯也」

さらに彼を抱きよせ、もっと濃厚に舌を絡みつかせようとしたそのとき、ふいに二の腕に亀裂が走ったような痛みを感じた。

昨日の傷がひらいたらしい。舌打ちし、ユベールは颯也から離れてシャツの袖をたくしあげた。案の定、細い擦り傷の痕から血が流れていた。

「ユベール、血が。これはまさか」

颯也の顔がひきつる。昨夜は後ろから抱いたので、腕の傷に気づかなかったらしい。

「昨日のマドリードでやられたものだ。たいしたことはない、かすり傷だ」

「怪我をしているなら、運転は私がしたのに。マドリードからグラナダまで四時間も。あなたはどうして」

ひどく動揺している様子がかわいい。

血の痕ひとつでこんなにも動転するとは。闘牛場にきて、昨日、自分が牛に倒されかけたときの姿を見たら、もしかすると失神してしまうほど驚いたかもしれない。

「おちつけ。よくあることだ。いちいちおまえに言わなかったのは、聴罪神父にする必要がなかったからだ」

「つまり……死ぬほどのケガじゃなかったから、たいしたことはないと?」

やるせなさそうに颯也が眉をよせる。

「そうだ」

「でもそれでも知っていたらちゃんと手当をしたのに。こんな状態のあなたにアルハンブラを案内させたりして、私は何ということを……」

「たいしたことはないと言っている。それともここにきて、つまらない気持ちになったのか?」

颯也の顎に手をかけ、じっとその目を見つめる。

「え……」

「俺とここにきて、つまらない気持ちになったのか?」

「まさか」

驚いたような顔で颯也が目を見ひらく。

「じゃあ、楽しかったのか？　少しでも幸せな気持ちになったのか？」

「もちろんです。私はとても楽しくて……でも私だけが楽しんで、あなたに負担をかけているかと思うと心が苦しくなって」

「そんな心苦しさは必要ない。俺はおまえを楽しませるためにここに連れてきた。それができたのなら満足だ」

でなければ、誰がわざわざチケットなど買うものか。闘牛の日の朝にこんなところを案内してやるものか。

「だから気にするな。こんなちっぽけな傷、どうでもいい。それより俺の心を気にしろ」

颯也は切なそうな表情をした。なにか言いたげな黒々とした瞳に明らかに自分への愛情を感じ、ユベールは彼のうすい肩を抱きよせた。

そろそろホテルに戻らないといけない時間だったが、もう少し、ほんのひとときだけこうしていようと思った。


午後六時――。

満員御礼のポスターが貼られたグラナダ闘牛場には咽るような熱気が立ちこめていた。

空には、五月末だというのに灼熱の太陽。

闘牛場にくっきりと影を作っている。

待機所にむかう途中、係の者が祈祷所へと案内する。

ユベールは形式的に祈祷所に入り、胸で十字を切ったあと、木製の塀のむこうに見える闘牛場に視線をむけた。

始まる前の、この喧噪と緊張感が好きだ。アンダルシア特有の黄色い地面が整地され、民族衣装で着飾った女性や闘牛愛好家《アフィシオナードス》たちでぎっしりと埋めつくされている。

待機所に入場行進を誘導する白馬が現れ、出場する闘牛士が集まっていた。

ユベールは腕に巻きつけていたケープを肩から斜めにかけ、黒い帽子を頭に乗せた。

ゲートにむかったユベールに後ろからひとりの男が声をかけてくる。振りかえると、黒髪のサタナスという闘牛士が立っていた。

「調子はどうだ」

この男は同じエージェントに所属している。今朝、颯也と眺めていたサクロモンテ出身のヒターノだ。

ヒターノの血を引くゆえか、陰鬱そうな黒い瞳から獰猛な獣の匂いがする。昨年まで殺人罪で投獄されていたと聞くが、二世や三世でもないかぎり闘牛士の職につく者にまともな人生を歩んできた人間はいない。

「ところで、今日の三人目、おまえの大ファンだそうだな」

「らしいな」

セビーリャで一度一緒になったディエゴという若い闘牛士だ。

――俺に惚れてどうする。ぐちゃぐちゃに犯されたいのか？

彼は昨日のマドリードでのユベールの闘牛を見たあと、ホテルのロビーで待ちぶせして『ますます惚れました』と言ってきたが、すっぱりと振ってやった。

『俺に話しかけていいのは、同等かそれ以上の実力のマタドールだけだ』――と。

そのとき、青ざめた顔をしていた。

そのせいか今も待機所の隅でうつむき、小さくなっている。ちらりと見ると、恨めしげにこちらに視線を送ってくる。

「あの若造、死ななければいいが。おまえなんかに惚れて」

「さあな、あいつのことはわからないが、俺に惚れたくらいで死にはしないよ。その証拠に、観客を見ろ、別に毎回、大量の客が死んだとは耳にしない」

くすりとサタナスが笑う。

「言うな。まあ、それは一理あるな。だが同業者には惚れないにかぎる。惚れたら負けだ、そいつ以上の闘牛士にはなれない」

「ああ、俺に惚れなかった男を見ろ、ちゃっかり今日のテレビのコメンテーターになってるぞ、昨年正闘牛士になった、あの生意気なタンゴ野郎。どうせ今日は俺とおまえの悪口をたっぷりコメントしてくれるだろう」

見れば、ちょうど一年前、自分とここで一緒になったアルゼンチン出身の闘牛士がテレビの実況席にいた。

「あいつとの関係は？　一度、ゴシップ誌に禁断の関係だと書かれてなかったか？」

「一年前、誘われたのでズボンを脱ぎかけたが、マスコミが張っていたのでやめた」

「あいつがわざと呼んだのか？」

「多分な」

あの男は売名のためなら、どんな恥知らずなことでもやってのける。

「ああいう性悪なビッチはやめておけ。利用できる相手なら誰とでも寝る」

「だが死ななさそうなのはいい。見た目もいいし、締まり具合も良さそうだ。一度くらいやっておけばよかった」

「死神とビッチがつるんでもろくなことはないぞ」

「わかってる。それに最近は特定の相手がいる。みさかいなく手を出すのはやめた」

かつては、こちらに憎しみも愛情も抱かない相手とのセックスを求めていた。だが今は違う。自分を愛してくれる相手以外は必要ない。だから他の人間に興味はない。

「めずらしいな、恋人は作らない主義だと言ってなかったか」

「いつの話だ。俺は一晩寝たら、前日の発言を忘れるような男だぞ」

ユベールは冷笑しながら言った。

くだらない話をしながらも、たがいの間には見えない火花が散っている。

いつも思う。この男は自分と同じ匂いがする、と。

ヒターノの殺人犯という境遇から這いあがってきたこの男と、死神にとり憑かれたフランス野郎の自分。

まったく違う性質でありながら、たがいに闘牛士としての才能をもち、狂気という共通の情念を躰に孕ませている。だからこの男と一緒に出場するときは血が逆巻く。どちらの狂気が観客を狂わすことができるのか。

やがて開会のファンファーレが鳴り、闘牛場の空気が張りつめる。

ゲートがひらくと、一斉に拍手が響きわたる。

日陰になっていた待機所から砂の上に出ると、カッとまばゆい太陽が目を灼く。

黄色い砂塵《さじん》が舞いあがり、太陽がじりじりと肌を灼く。

一頭目はサタナス、二頭目はユベール。

喝采を浴びているそのとき——正面の関係者席に座る颯也の姿が見えた。漆黒の僧服を身につけ、冥府からの死者のような不安そうな顔で関係者席に座っている姿に、ユベールは口元に冷ややかな笑みを浮かべた。

——きたのか、ついに。

最初の一度をのぞくと、一回も闘牛場にこなかった颯也。

勝ち誇った気分だった。ついにあいつが闘牛場にきた。

愛……。俺を愛したのか?

ユベールは内心で嗤った。

——これは最高の賭だ。あの男がどこまでその愛を貫けるのか。それがいつか憎しみに変わることがあるのかどうか。彼の愛が本物なのか……知りたい。

冷たい欲望を胸底に隠し、ユベールは闘牛場に踏みだした。

6　夜のヒマワリ

ユベールの傷のむこうにあるもの。彼がなにをしようとしているのか。それが見たくて、颯也《そうや》は少し遅れてグラナダの闘牛場にむかった。ちょうどユベールの一頭目が終わったばかりだった。

なかに入り、日陰になった通路から指定された座席に行くと、ユベールが闘牛場で喝采を浴びているのが見えた。

わぁっという歓声が躰を大きく揺さぶる。

青い衣装に、白いケープ。すらりとした美しい肢体、その細長い影がくっきりと黄色い砂の上に刻まれている。

——どうしてあのひとはあそこに立っているのだろう。

こんな生活をしてなにがあるというのか？　神は答えをくれるのか？

それともこれこそが有沢への贖罪なのだろうか。最初はそんな迷いと不安を抱えながらも、フリオ神父からの指示なので、なにか意味があるのだろうと思ってユベールのスタッフになることにした。

獣を殺すために着飾って部屋から出ていき、血にまみれた姿で帰ってくる男。

そのたび、ユベールが抑制することができない欲望を、これは贖罪だからと己に言い聞かせてうけいれた。

そして悪夢を見る。ユベールを殺す夢を。どうしてあんな夢を見てしまうのか。

この関係へのやりきれない気持ちからか、それとも有沢のことを思いだしてしまうからか……自分でもわからないが。

——それでも……少しずつふたりの関係が変わってきている。

颯也をアルハンブラ宮殿に連れて行き、壮麗《そうれい》な朝のサクロモンテを見ながら彼が言った言葉。

『そんな心苦しさは必要ない。俺はおまえを楽しませるためにここに連れてきた。それができたのなら満足だ』

胸が痛くなった。きりきりと奥のほうが。その一方で。

『俺を看取れ』

『俺の告解を聞く神父になり、葬儀を担当しろ』

彼の声が耳の奥でこだまし、颯也は防御壁の内側に立つユベールに視線をむけた。

仲間たちと話をしながら次のマタドールの闘牛を見ている。そこには、死の危険を前にした人間の悲壮感はない。

有沢もそうだった。初めて会ったときは、野良犬のような眼差しをしていたが、自殺するようなタイプには見えなかった。けれど……。

『教官も俺を裏切るんだ』

その言葉と、彼から流れた血の生々しさ。

できるだけ思いださないようにしていたのに、またあのときの記憶がよみがえり、颯也はかすかに身震いした。

なぜ、有沢を思いだすのか。彼は行き場を失い、人生に挫折《ざせつ》して死を選んだが、ここにいる人たちは違う。観客は金を払ってスリルを楽しむ。そして闘牛士は代価を得て命をかける。

――大丈夫、全然違うのだから。

颯也が胸で己にそう言い聞かせた瞬間、わぁっと闘牛場に悲鳴があがった。

「――っ!」

白い衣装を着た金髪の闘牛士が牡牛に倒されそうになっていた。

衣装が牡牛の角にひっかかった状態で、彼の躰がぐるぐると振りまわされていく。やがてその弾みで、彼が地面に叩きつけられると、今度はその背中にむかって牡牛が角を突き立てる。

「危ないっ、誰か!」

場内がどよめくなか、彼を救おうと闘牛士たちが一斉に闘牛場に入り、牡牛を彼からひき離そうとした。

しかし牡牛はなおも角で攻撃をしかけていく。

荒々しく腹部を突きあげられ、その切っ先がざっくりとそこに突き刺さったかと思うと、サッカーボールのように軽々と彼の躰が宙に浮く。

血しぶきがあがるなか、ユベールが近づき、カポーテでようやく牡牛を別の場所に導く。すでに地面に倒れたマタドールは身動きひとつしない。

「ディエゴっ！」

仲間たちが血の気を失った男の背と両足をかこむようにして抱え、通路に連れていく。

初めて闘牛を観たとき、同席していたレオポルトという医師が駆けつけ、彼らになにか大声で話している。

金髪の若い闘牛士はがっくりと力を失ったような姿のまま、通路の奥へと運ばれていった。

颯也は呆然としていた。いつものような嘔吐《おうと》感はない。ただ心臓がとまりそうなほどの驚きに凍りついたようになっていた。

その間にユベールが、さっきの闘牛士を倒した牡牛を簡単に仕留めていた。

「……今のひとは……助かりますか」

颯也はすぐそばにいた係員のような男性に問いかけた。

「さあな、あれだけのケガだ。どうなるかわからないな」

彼が話しているうちに四頭目の牡牛が出てくる。

「まだ続くんですか」

「ああ、あと三頭残っている。このあとにサタナス、ユベール……そしてディエゴの分をサタナスがやることになるだろう」

「でも今の彼は……」

「今のは今の。次のは次のだ」

観客は彼のケガが気にならないのか。命に関わる重傷だったはずだ。それなら中断するものではないのか。これでいいのか？

信じられない。

颯也は唖然《あぜん》とした顔で周囲を見まわした。さっき悲鳴をあげた観客はなに喰わぬ顔でもう次のサタナスという闘牛士のケープ技に興奮の声をあげている。

「オーレ、ヒターノ！」

「そこだ、行けっ！」

狂っている。みんな……おかしい。

周囲の熱さとは対照的に、自分の躰が氷蝕《ひょうしょく》されていくような錯覚を抱いた。

闘牛なんて……理解できない。こんな世界は嫌いだ。大嫌いだ。

——いやだ、もう見たくない。ユベールのすべてを見とどけようと思ってきたけれど、私には無理だ。

耐えきれず、関係者席から降りたそのとき、ぐいと後ろから腕をつかまれた。はっとふりむくと、そこにユベールがいた。眉間にしわを刻み、やるせなさそうな顔で。

「こい、仕事がある」

「え……」

「ついてくるんだ」

ユベールに腕を引っ張られ、颯也は闘牛場のなかにある救命室にむかった。

なかに入ると、診療台の中央にさっきの闘牛士が仰向けに横たわり、白衣を身につけたレオポルトが神妙な顔で首を横に振る。

――ダメだということなのか？

呆然としている颯也の背をユベールが突きだす。

「こいつの告解を聞いてやってくれ。ディエゴ、望みどおり神父を連れてきたぞ」

「ああ……神父さん……よかった……」

息も絶え絶えな青年が弱々しく手を伸ばしてくる。血の気を失った姿。

その手を思わずにぎり、告解に耳をかたむける。

ユベールに憧れて闘牛士になったこと。でも彼に突き放されて憎んだ。それでも同じ闘牛場に出られた、そこで死ねるのがうれしい。そう言うと、ディエゴは静かに目を閉じた。

にぎりしめたその手から、はっきりとその闘牛士の命が消えていくのがわかり、得体の知れない恐怖が颯也の背筋を駈け抜けていく。

これが人の死。まだあたたかい。やわらかい。けれど生気はない。

「いやだ、目を覚まして、ディエゴ、私のかわいい息子!」

ディエゴの母親が号泣し、関係者たちがすすり泣く。

その声を聞いていることに耐えられない。胸がきりきりと痛んでどうしようもない。

颯也は胸にしまっていた聖母の絵画をディエゴの遺体の上に置き、胸で十字を切り、救命室をあとにした。

救急車がやってきて、彼の遺体を乗せて闘牛場を出ていく。

待機所にもどると、ちょうどサタナスが闘牛を終え、ユベールが通路の影で自分の出番のために衣装と帽子を整えているところだった。

「あいつを看取ってやったのか」

颯也に気づき、問いかけてくる。ユベールからは何の感情も見えない。彼の死を哀しんでいる様子も心を痛めている様子も。

「どうして……そんなにおちついているのですか」

彼の出番前だというのも忘れ、問いかけようとしたそのとき、付添人のパブロが気まずそうな顔で話を止めようとする。まわりのマスコミの目を気にしたのだろう。

しかしカメラを抱えたインタビュアーはちょうど闘牛を終えたばかりのサタナスに注目していたため、ユベールにチェックを入れている者はいなかった。

「あの男、喜んでいたじゃないか、俺と同じ闘牛場で死ねたと言って」

さらりと言う彼を、颯也はじっと凝視した。

「気弱で、実力のないマタドールだった。だから話しかけるなと突き放したのに」

歪んだ男の美しい笑み。グラナダの濃密なオレンジ色の夕陽が彼に深い影を刻み、ここにいる男こそが死神のように見える。

死神にとり憑かれたマタドール。いや、そうじゃない。この男こそが死神なのだ。殺し屋、そして英雄、死刑囚……どれも違う。ただの死神だ。

「あなたも……いつか彼みたいになるのですか」

「さあ」

「そのとき、さっきのようなことをさせるために私をそばに置いているんじゃないんですか」

「あとの葬儀もまかせると言わなかったか？」

静かな、冷めた双眸。その奥に狂気の色を感じる。

壊れた人間の目。それなのに、この男は有沢のように颯也と共に死ぬことは望んでいない。ひとりで逝くのを看取る相手として自分を欲しているだけ。

「神など信じていないのに、死にぎわの告解相手が必要なんですか」

「すべての罪を贖《あがな》ってから逝く。どうせ地獄に堕ちるのだとしても」

腕を組み、ユベールは冷ややかに嗤《わら》った。その眼差しに背筋がぞくりとする。命を喪うことを恐れていない彼への恐怖に。

「死神のくせに？」

「俺のどこが？」

こんな男と関わりたくない。そう思った。この世界の人間とはわかりあえない。颯也は闘牛場を飛びだしていた。


それから一時間もしないうちにユベールは闘牛を終えてホテルにもどってきた。

牡牛の血がついた衣装を別の部屋で脱ぎ捨て、シャワーで血を流してから颯也が待っている部屋にやってくる。

ユベールの荷物を整理し、ベッドの上に衣服を並べて自分のものと分けている颯也の姿を見て、ユベールは皮肉めいた笑みを口元に浮かべる。

「どこに行くつもりだ」

颯也はユベールに背をむけた。

「スタッフの任をといてください」

「俺の最期を看取れと言っただろう」

「いやです、もう……人の死には耐えられない」

「もう？　誰かを喪ったことがあるのか？」

颯也の肩に手をかけると、片眉をあげ、ユベールが顔をのぞきこんでくる。

「私が神父になろうと思ったのは……喪ったひとへの贖罪のためです」

最後に伝えておいたほうがいいかもしれない。自分が神父になろうと思った気持ちを。

己へのけじめと、彼へのけじめとして。

「贖罪というのは、フリオ神父の目と足の件じゃなかったのか？」

「それもあります。でも私の罪はもっと重い。血を見たくないのも……すべてそこに原因があって」

だめだ、言葉が詰まる。

なにかしていないとという気持ちから、颯也はキャリーカートをとりだし、そこに自分の衣服を詰めこみ始めた。

後ろからユベールが腕をつかむ。

「誰のことを話している？　フリオ神父じゃないなら誰だ？」

「日本で刑務官をしていたときに出会ったひとです」

「刑務官？　死刑囚か？」

「いっそそのほうがよかったかもしれない」

それなら同情することもなかった。心を痛めることも。

今も耳に残る彼の声。

『教官は俺の味方だよな』

何とかして彼を助けたいと思った。けれど自分のその気持ちは彼の心を弱さの檻《おり》のなかに閉じこめてしまうことだった。

「知りあったのは、少年鑑別所です。彼の心の痛みに共感して……想いをぶつけられ、彼の手をとりました。最初は同情でした。でもこのまま彼が更生してくれるなら、想いをすべて受けいれてもいいという気持ちになり、いつしか彼と抱きあうことに悦びを感じるようにもなって」

話しているうちに思いだしてきた。あのときの恐怖、あのときの恍惚、そしてあのときの、どうしていいかわからなかった感情のすべてが。

「でも…法律の壁によって、私たちはずっと一緒にいることはできなかったんです。いったん彼を突き放すことも大切だと思った私は、すがりつく彼を振り払ってしまいました」

「それで?」

「社会と未来、そして私に絶望した彼は教会に火を放ち、私の前で頸動脈を切って自殺しました。フリオ神父は、そのとき、私を助けようとして失明し、足も不自由になって」

「だからフリオのためにスペインに?　家族は何とも言わなかったのか?」

「母と妹には迷惑をかけてしまいました。事件のことがマスコミでおもしろおかしくとりあげられて、私は法務省を辞め、母は仕事をなくし、妹とふたりで地方都市に引っ越して、今は別名で生活しています」

「もう会わないのか？」

「会いたくないと言われたのでこちらから会いにはいけませんし、転居先もわかりません。どうしているか心配なので、弁護士にふたりの様子を教えてもらっているのですが、時々、マスコミに追われ、そのたびに引っ越しているとか。あなたと初めて会った日も……そんなメールをもらった夜でした」

ユベールはふっと揶揄《やゆ》するように笑った。そういうことだったのか……といった態度で。

「彼らに今もまだ迷惑をかけていると思うと、時々、無性にこの世から消えたくなって……あの夜も海に飛びこもうと考えていました。むろんフリオ神父への贖罪を考えると、本当に死ぬことなんてできないし、彼に尽くすことが私の残りの人生のすべてだと思っていました。だからあなたに会って、あんな関係を続けたのは……私のミスです。人恋しくなってしまった私の弱さで……」

どうしたのだろう、ここまで言う気はなかったのに勝手に言葉が出てくる。ユベールを前にするといつもそうだ。話さなくてもいいことまで話してしまう。

「要するに、現実からのがれたくて、俺とセックスしていたというわけか」

「すみません」

ユベールは小馬鹿にしたように嗤った。

「まあ、いい。どうせそんなものだと思っていた。それにしてもあっけないものだな。何度も遊園地に行くほど、愛しあい、信頼していた家族の結末がそれか。ふつうは大変な目にあったおまえを助けようとするものじゃないのか」

「それは私が彼女たちに迷惑をかけているからで。まだ若い妹の将来を台無しにはできません。母だって、心身ともに疲労して」

「で、おまえはスペインで淋しく母親と妹を憎んでいるというわけか」

あざけるように言われ、颯也はかぶりを振った。

「まさか。憎いなんて感情をもったことは」

きっぱりと言った颯也に、ユベールは怪訝そうに眉をひそめる。

「では、その自殺した男も憎んでいないのか?」

「当然です。でなければ、贖罪など考えません。彼を護ることができなかったことに申しわけなさを感じても憎むなんて」

「なるほど。おまえが憎んでいるのは自分自身か」

憎んでいるのは自分自身? そうかもしれない。自分でも漠然としてよくわからなかった感情を、言い当てられた気がして颯也は目をみはった。

「で、その男の血がおまえのトラウマか」

問いかけられ、颯也はため息をついた。

「ええ」

「なにか背負っているとは思ったが……死刑囚との恋愛ならともかく、そんな中途半端な相手にいつまでも囚われるな。つまらない人生だ」

ユベールは髪を撫でていた手を静かに颯也の顎に戻してきた。オレンジの香りがしない。代わりに彼から別の香りがする。これは……血の匂いだろうか。

「つまらない？　ひとりの人間の命が喪われたんですよ、私と出会ったことで。私が殺したも同然なんですよ」

「俺は十六歳から殺しをしている、闘牛士になったときから。だが後悔したことはない」

「闘牛とは違います」

とっさに颯也は反論した。

「ああ、違う。だが命は命だ。それで、おまえが俺の後ろになにを見ていたのかよくわかった。その男の影か？」

「……」

颯也は小首をかしげた。彼はなにを言っているのだろう。

「俺は身代わりだったというわけか」

大きく嗤うユベール。ますます彼がなにを言いたいのかがわからなくなる。

「バカバカしいにもほどがある。他人の身代わりになどされたのは初めてだ」

颯也の前から、さっとユベールはキャリーカートを奪った。そしてサイドポケットに入っていた貴重品用の袋をとりだす。

「かえしてください」

伸ばした手首をつかまれ、ベッドに躰を投げだされる。

「だめだ」

冷酷な目をむけ、男が颯也の首からロザリオを引き抜く。腕を頭上で束ねられ、手首をベッドに縛りつけられる。

「やめて、離してください、どうか」

暴れても身動きがとれない。ユベールは袋のなかから颯也の携帯電話を手にすると、窓辺にあった花瓶の花束をひきぬき、そこに携帯電話を放り投げた。水の跳ねあがる音。そしてそれをとりだすと、ユベールは真っ二つに割った。

「ユベールっ!」

颯也はこめかみをひきつらせ、自分の携帯電話が使い物にならなくなるのを見るしかなかった。そんな颯也にユベールは冷たい笑みを見せる。

「おまえを自由にはしない。その男の影がおまえから消えるまでは」

常識も理性も通じない、ただ死ぬためだけに生きている男。こんな男をどうして……。

その夜、ユベールは颯也を拘束し、激しく陵辱《りょうじょく》した。

神父服を剥かれ、大きく足を広げられ、両手をつながれたまま、躰をひきよせられる。

「獣同士の交尾をするぞ」

じわじわと体内を押し割られていく。躰の内側を他人の肉塊に埋められ、挿入のときの震えるような快感が躰を襲う。必死にあらがっているのに、彼との性交に慣れきっている颯也の粘膜は猛々しい牡を銜えこんだとたん、妖しく痙攣し、奥へとひきずりこんでしまう。

「くっ……う……うっ」

どうしてこんなことをされなければならないのか。この男はどうして自分にこんなことをしようとするのか。

どうして身代わりなどと言うのか。もしかすると勘違いして、それが彼のプライドを傷つけてしまったのか？

「すごい……いつも……どうしようもないほど……吸いついてくる。その男も……こんなふうに悦ばせてやったのか？」

躰で虜《とりこ》にしてやったのか、と意地悪く呟き、ユベールが腰の動きを加速していく。

何てひどい言葉。やはり彼の自尊心を傷つけたらしい。

けれど優しくされるよりいいと思った。アルハンブラ宮殿へのサプライズチケットや、こちらを思いやるような素振り。そんなものを示されると、たまらなくなって、このひとに囚われてしまいそうになるから。

だからこれでいい。いや、それどころか、彼が怒っているなら煽ってやりたくなる。自分のなかに芽生えかかった想いを封印するためにも。

颯也は呼吸を乱しながらかすれた声で反対に問いかける。

「だとしたら……どうするんですか」

汗で張りついた髪の先が唇にかかる。それを舌先でよけながら、颯也はユベールを斜めに見あげた。彼は舌打ちし、さらに颯也の腰をひきつけ、激情に駆られたまま荒々しく腰を打ちつけてきた。

「なら、それ以上の快感を教えこませるだけだ、おまえの躰に」

餓えた獣のような腰づかい。ずんっと体奥に重々しい男根の刺激を感じ、颯也は大きく身をよじった。

「ここが好きだったな」

ユベールはわざと腰をまわして、一点をこすりあげるように攻めてくる。そこは異様なほど敏感で、指で弄られただけでもすぐに絶頂を迎えてしまうポイントだった。

「ん……っ……ダメ……そこは――――ああっ……っ」

颯也の感じやすい場所を彼が激しく突きあげていく。そのたび、火傷しそうな熱が走り、いてもたってもいられないむず痒さに身悶えてしまう。

「ん……いい……い……っ、ああ――っああっ……っ」

だめだ、声がもう抑えられない。

すさまじい絶頂への加速。獣のような交尾をすると彼が言ったように、もはや快楽に溺れている自分は人間ではないようだ。

こんなに感じたくない。それなのに、きりきりとつながれた手でベッドサイドの壁に爪を立て、颯也の躰は意思とは関係なく懸命に彼に腰をすりつけてしまう。そして、与えられている以上の快感を貪欲にもぎとろうとしている。

「ああっ……いい……すごく」

ギシギシとベッドが大きく軋む。腰を動かすユベールの額から汗が滴り落ち、颯也の頬を濡らしていく。それすらも皮膚への甘やかな愛撫のように感じられ、肌が震えた。

快感にのぼりつめていく急速な浮上感――そのとき。

「もっと壊れろ……もっと俺を締めつけて……狂わせろ」

狂わせる――――?

「そうだ……おまえは……そのために俺のそばにいるんだからな」

あまりの快感に朦朧《もうろう》となりながらも、そのとき、颯也は気づいた。

プライドが傷ついたから彼がこんな性交をしてきているのではない、と。

「おまえは消えるな……俺の前からおまえは……」

荒々しいストロークをくりかえしながら、ユベールがくちづけしてくる。

——そうか……今日、死を見たから……闘牛場での死を。彼もまた死に囚われているから……。

そのことに気づいた。そうだ、表情には出さない人だが、平気なわけがない。同じ場所に立った男が目の前で牡牛に殺されたのだから。

消えるな——その言葉に泣きそうになった。

そんなことを言われたら、離れられなくなるではないか。

もう今度こそ終わりにしようと思ったのに。

恋でも愛でもなく、憎しみでも嫌悪でもなく、ただ死に際を看取る相手としての情交しか求められていないのに。

やがてグラナダに朝がやってくる。

窓から入りこむ陽射しがベッドに繋がれた颯也の肌を熱く灼いていく。灼熱の季節はもうそこまできていた。

メルセデスベンツの運転席に座り、颯也はミラー越しに助手席をうかがい見た。

綺麗な顔の男が窓にもたれかかって眠っている。

颯也は大きくためいきをついた。

数百キロ先にある闘牛場に自分で車を運転して行こうとしていたため、つい心配になってキーを奪ってしまったのだ。

この世界の人間とはつきあえない。そう思って離れようとしていたのに、『消えるな』と言われて以来、颯也は離れることができなくなり、ユベールの旅に同行していた。

それでも闘牛だけは見に行けなかった。

季節はもう七月末を迎え、日々、気温がどんどん上昇していた。

摂氏四十度、そして五十度。

七月は牛追い闘牛で有名なパンプローナ、ブルゴス、バレンシアをまわった。八月はビトリア、サン・セバスチャン、マラガへと続くらしい。闘牛場にむかう人々で埋められた街は、いつもフラメンコの音楽に乗って男も女も子供も楽しそうに踊っている。

けれど颯也は闘牛場に行くことができない。

あのときの悲鳴とどよめきが今もまだ耳の奥でこだましている。牛の角に突きあげられたディエゴの躰は高々と宙を舞い、そのまま地面へとたたきつけられた。

血が飛び散り、黒い靴が飛んでいったあの光景――。

ユベールではなかった。けれど……。

――彼と寝ると、いつも夢を見てしまう。あの闘牛士が実はユベールで、そして彼を殺している牡牛が自分だという夢。

殺したくないのに。死んで欲しくないからここにいるのに。自分の存在で彼が『生』の実感を得ているのなら、それでいいと思ったからこそこうしているのに。

そうしてずっと一緒にいると、少しずつ闘牛場に彼がむかう時間が怖くなってくる。

だからその間はホテルにこもって、聖書を読んで心を落ちつけて彼の帰りを待つ。

そんな日々が続き、連日五十度を超すようになってから、ユベールの躰に新しい傷が目立つようになった。

このところ、確実にケガが増えている。

夏の暑さと連日の移動で躰が疲れてきている。闘牛士に一番ケガが多いのは八月と九月だという。それを知り、運転を代わることにした。それでも自分で運転しようとするユベールから無理やり車の鍵を奪い、颯也は言った。

『闘牛場以外の場所で死にたいのならいいですが、そうでないのなら、あなたは助手席でおとなしく寝ていてください。私が運転していきます』

どうして自分をめちゃくちゃにする男を案じて、睡眠不足の、しかも連日の情交で軋《きし》む躰をこらえて、わざわざ車を運転しているのか――と思いながらも、ユベールに無理をさせたくなくて、今は颯也が車を運転している。

今日、ユベールはアンダルシア地方の小さな村での闘牛祭に招待されていた。

白い壁の家々。赤茶けた屋根瓦。それから雲一つない濃密な青空、四方は見渡すかぎりのヒマワリの咲く大地をまっすぐ車で進んでいく。

オリーブの灌木《かんぼく》が延々と植えられた赤茶けた大地が地平線の果てまで広がっている。

スペインにきた当初は、こうした風景にとても感動したが、あまりにもたくさんありすぎて、今ではなにも感じなくなった。

車の数も少ない。時間が流れているのさえわからなくなってくる。スペイン人が時間にルーズなのも、こんな大地を見て過ごしているせいだろうか。

到着したのはセビーリャから東北へ三百キロあまり行ったスペイン中南部ハエン県にある小さな街だった。

荒涼としたこの地域はスペイン一貧しい地域だという。それでも年に一度の闘牛に街は人であふれている。

街で唯一の二つ星ホテルの前に車を止める。

車から出るときつい風に髪が大きく乱れた。太陽は意識がくらみそうなほどの強さだ。

「今日は風が強い。厄介なことになりそうだな」

風が強いと赤い布が大きくはためいてしまい、牡牛を呼びよせるのに苦労してしまうらしい。

尤《もっと》も、ユベールクラスの闘牛士ならば、そうした不利な状況でも、どうすればうまく有利に持ちこみ、観客の心を掴むことができるのか、本能的にわかっているみたいだが。

「こんな街で闘牛をするんですか」

「招待されればたいていどこにでも行く」

そのあと、闘牛が始まるまでの三時間、ユベールは牡牛の抽選会《ソルテオ》とスタッフとのうちあわせにむかった。颯也はホテルを出て、車の点検をした。パブロが出てきて、いぶかしげな顔で質問してくる。

「今日はおまえさんが運転してきたのか」

「はい」

「それはよかった。あの怪我をした足で、クラッチを踏むのは危険だ」

たしかにそうだ。スペインは殆どがマニュアル車なので、両足を必要とする。

「しかし驚いたな。ユベールが他人の運転でやってくるのは初めてだから」

「そうなんですか」

「おまえさんとも、もう三カ月近く続いているようだが、ずっと暮らしているとは驚いたもんだ。あいつは人と過ごすのが嫌いで、使用人もすべて通いにしているのに」

感心したように言いながら、パブロは煙草を口に加え、颯也の横顔をまじまじと見つめた。

「おまえさん、ユベールと寝ているのだろう?」

颯也は眉をよせ、顔をあげた。

それだけでわかったらしい。パブロは大きく煙を吐いた。

「おまえさんがプライベートで何をしようと俺の知ったこっちゃない。あいつとなにしてようと。今日の闘牛のあと、無事にあいつをセビーリャまで送り届けてくれればそれでいい」

「はい」

「だけど、そのあとはもうあいつにかかわらないで欲しい」

「……え……」

「あいつはおまえさんと知りあって……変わってしまった。これ以上、おまえさんへの気持ちが進化したら、あいつは闘牛場で死ねなくなる。おまえさんに執着しているのだとしたら、それはとても危険なことだ」

死ねなくなる？　このひとはユベールの死を願っているのか？

「あいつは近いうちにこの世界の頂点に立つだろう。頂点に立ったとき、あいつは闘牛場で死ぬつもりだ」

「あなたはそのことを……」

ユベールの密かな望みに気づいている。しかしパブロは颯也がそのことを知っていることに驚いているようだった。

「ユベールは自分の心の秘密をおまえさんに話していたのか」

「口外はしてません」

「そうか……おまえさんには話したのか。残念だな、ずっと一緒にいる俺にはひと言も話してくれないのに。出会ったばかりの日本人なんかに」

「待ってください。あなたこそどうしてそのことをご存知なんですか」

「見ていればわかる。彼が何のために闘牛をしているかくらい」

「何のため……？」

「あいつに感情は必要ない。それゆえあいつは、いつでも平気で死ねる場所にいられる。愛や恋などといった感情をもっていないいんだからな。だからあいつは平気で自分を愛する人間を切り捨ててきた。何の執着もなく、ばっさりと。その結果、相手は彼に激しい恋慕と憎しみを抱くようになり……自滅していく」

パブロの言葉に、颯也は背筋に寒気が走るのを感じた。

ディエゴもそうだった。ユベールは冷たく彼を突き放し、彼はユベールへの愛憎を抱えたまま無鉄砲な闘牛をして死んでしまった。その姿があまりにも有沢のときと似ていた気がして怖くなったのだ。

「闘牛場での名誉ある死——闘牛士は誰でも心のどこかでそれを願っているよ。年をとり、闘牛場で闘えず、負け犬になる前に闘牛場で死にたいと。残念ながら俺はできなかった。あいつのオヤジも。あいつには俺たちふたりの呪いがかけられてる。あいつを愛する俺と、あいつを憎むオヤジの。だから闘牛場で散らしてやらないと」

なにを言っているのか、このひとは。颯也は訳がわからず呆然としていた。

「あいつはガキの頃から目が違っていた。冥い闇……そう、死神のような瞳を持っていた。あいつのオヤジも俺もそれに気づいていた。だから俺はあいつを闘牛士にすべきだと言ったが、オヤジはあいつを闘牛の世界から遠ざけようとした」

「それは……息子を護りたいからですか？　生と死の危険な世界から」

するとパブロは大笑いした。長く伸びた煙草から灰がぽろぽろと落ちるのも気にせず。

「まさか、あのオヤジがそんなタマなもんか。息子が自分を超えるようなマタドールになるのがわかっていたから遠ざけたんだよ。闘牛士は、誰でも自分が一番でないと気がすまない。たとえライバルが息子でもな」

やはり、このひとたちはおかしい。躰が冷えきり、心も凍っていくような気がした。

「ユベールはそれだけの男なんだ。オヤジからも嫉妬されるほどの。あいつが闘牛士としてデビューし、大成功した夜、あのオヤジ、こともあろうに、ユベールの着替えの部屋に忍びこみ、闘牛用の剣で胸を刺して死にやがった。大喝采を浴び、ホテルに戻ってきたユベールが最初に見たのは、血の海で倒れていた自分のオヤジ。ドラマチックな人生だろう？　伝説のマタドールにふさわしい生い立ちだ。やっぱりこうでなくちゃな」

うれしそうに言うパブロの言葉に、心が渇き、涙も出てこなかった。

「だからあいつには、最後まで伝説にふさわしい人生を歩ませたい。ユベールもその気でいる。

あいつの最終章は、栄光の頂点に達したとき、その瞬間の死だ。場所はマドリード、国王がくるときがいいだろう、一番目立つ」

「バカな……」

「そういうことができる男は神に選ばれた者だけだ。死を恐れず、愛も情も知らない者。だからおまえさんにはユベールの感情をこれ以上、揺さぶらないで欲しい。おまえさんがいると、ユベールをその前に、中途半端に死なせちまう可能性があって困る」

「死なせ……それはどういう」

問いかけると、パブロはきつい眼差しで颯也を睨みつけた。

「人間的になってから、あの男、闘牛場でのケガが増えやがった。これまでもケガは多かったが、それは命知らずな技を見せていたからだ。本能で、獰猛な獣のようにふるまって。でも今は違う。ユベールのやつ、計算しながら闘うようになった。だから動きが少し遅れる。それがケガの原因だ。このままだとあいつがいつか死の恐怖を感じてしまうようになる。そうなったら、あいつは頂点に達する前に死んでしまう。そんなのは犬死だ」

つまり彼はこう言いたいのだ。

颯也とつきあうようになり、人間的な感情をもつようになって彼の闘牛スタイルが変わってきてしまった。このままだと彼が惨めな死に方をする可能性がある。華々しく死なせるために、彼のもとからいなくなって欲しい、と。

どちらに転んだとしても、彼にとってのゴールは、闘牛場での死以外にないではないか。しかもそれがもう間近に迫っているなんて。

「あなたは本気でユベールが闘牛場で死んでもいいと」

颯也は思わず批難するような目をむけていた。

「そんなにおまえさんは彼のことが好きなのか？　不幸になるぞ」

「安心してください。あなたたちのように人間の生死をゲームとして楽しむ人たちの感覚が私にはわかりません。だからユベールを愛したりしません」

「そうだな、そのほうが賢明だ。あんな男を愛しちゃ、破滅するだけだ。もしくは俺のように奴隷となるしかない」

ぞっとした。かかわってはいけない。そう、これ以上、こんな人たちにかかわってはいけない。ユベールもパブロもみんなどこか狂っている。

闘牛の世界——宗教儀式から始まり、伝統的な国技となり、世界中からは残酷だと批難されている、この理解しがたい世界。

近づいてはいけない。かかわってはいけない。

そんな強い想いがこみあげ、『消えるな』と言ったユベールの言葉、そのためにいようと決意した気持ちが颯也の胸で崩れようとしていた。

その日、ユベールは無事に闘牛を終え、帰路につくことになった。

帰り道も颯也が車の運転を担当し、ユベールは助手席でうたた寝していた。

――よかった、今日は怪我がなくて。いや、命があって。

横目で一瞥し、ほっとしている自分に、颯也ははっとして首を左右に振る。

彼のことが好きなのか……とパブロに訊かれたとき、愛したりしないと答えたが、否定しきれない感情が心のどこかに存在していた。

――わかっている、本当は……。

路肩に車を停めると、颯也はこっそりとユベールの肩に手を伸ばした。

そしてぐっすりと眠っているユベールの顔に颯也はおそるおそる唇を近づけていった。

そっと重ねた唇の熱さが愛しい。今日もこの男が生き残ってくれてよかったと思う。このまま死なないで欲しいと思ってしまう。

でもそれでユベールはどうなるのか。

――このひとにとって、どういうゴールが一番いいのか。

ユベールが希望しているように、頂点に達したときに闘牛場で死に、伝説になることが最良なのかはわからない。

けれど自分のせいで彼が惨めな死にざまを晒すようなことだけは避けたい。

——私の存在が……このひとを危険へ誘いこんでいたなんて。

彼が変化していたことに気づかなかった。颯也は闘牛場に行くこともできないのだから、気づくことなどできるわけがないのだが。

「ごめん……なさい……」

見に行けばよかった。どんなに血が怖くても、どんなに辛くても見に行けば、些細なユベールの変化に気づけたかもしれないのに。

躰の奥から絶望にも似た哀しみの感情がこみあげ、颯也は息を殺しながら車の外に出た。

降ってきそうなほどの星々。透明な月。熱風に枯れたヒマワリの死骸と、それでもまだ生きようとしているヒマワリ。

ディエゴの死、あのときの映像が甦り、胸の奥が痛くなる。

おそらく自分はユベールを愛している。きっとものすごく激しく。

だからショックだった。自分が彼を不幸にするかもしれないと言われて。

——彼の死が避けられないのなら……せめてそのマタドール人生を邪魔しないことが私にできることじゃないのか。

自分に言い聞かせ、颯也は地平線の果てまで咲いているヒマワリ畑に足を進めた。

胸の高さまである小振りのヒマワリが月光の下で美しく咲いている。

静まりかえった人気のない場所は、見渡すかぎり空とヒマワリの大群だけ。通り過ぎる車さえない、月光の大平原だった。

「……何をしているんだ、そんなところで。さがしたぞ」

ふりかえると、花をかき分けながら近づいてきた男に抱きしめられた。

自分を包む大きな腕、そして躰。愛おしくてしかたない。こみあげる想い。

多くの人から愛されている。それなのに誰も愛したことがないなんて。颯也はその肩に頬をあずけ、静かに誘った。

「生きている実感……欲しくないですか」

一瞬、ユベールが押し黙る。そしてふっと笑う。

「めずらしいな、自分から誘うとは」

「一度……スペインのヒマワリのなかで抱かれてみたかったから」

囁き、目を瞑ると彼の唇が頬に触れてきた。優しくて、涙が出そうなほど甘いキス。彼はいつもそうだ。アルハンブラに行ったときもこんなふうだった。

ベッドでは獰猛なのに、くちづけだけはやわらかくて、こちらを慈しみ、大切にしようとするような優しい甘さを感じて、胸が切なくなる。

颯也はヒマワリ畑の間に身を横たえ、のしかかってきた男の背に手を延ばした。はだけたシャツの間からすべりこんできた手が胸に触れてくる。ベッドとは違って、キスの延長戦のような、しっとりとした指の動きに陶然となっていく。

「……ぁ……ん」

舌を絡ませあい、蜜菓子よりも濃厚な甘いキスをくりかえしていく。

「颯也……」

「ん……っん……っ……ん……」

身をよじらせて、彼の背に腕をまわしてシャツに爪を立てている。夜の風にまぎれてうっすらと血のにおいが鼻腔を撫でていく。これは彼の血だろうか。

ひとしきりキスをしたあと、ユベールは起きあがり、颯也を抱きあげると、月明かりのなかで颯也の顔をじっと見つめた。

「どうした、今日は優しい顔をしている。とてもいい」

「あなたも……すごく優しい目をしている」

青白い月光が端正な彼の顔を甘く照らしている。

「それは……おまえが素直だからだ」

心のこもった指先が颯也の髪を梳きあげていく。指に絡めてもすぐに逃げてしまうと笑いながら、毛先にキスをして、また頬に唇をよせてくる。

ふとどちらが本当の彼なんだろう、と思う。

優しく甘ったるいキスやアルハンブラに連れていってくれたときのような顔だけがユベールだったら……こんなにも切なくなかったのに。

――でもこんなにも愛しくは思わなかったかもしれない。

死神にとり憑かれているひとだから……多分、ここまで好きになってしまった。

「どうした、泣きそうな顔をして」

顔をのぞきこんでくる彼。まただ。またこんなふうに表情から感情を読みとろうとする。

パブロは自分と出会う前のこのひとに感情がないと言っていたけれど、そんなことはないと思う、初めて会ったときからこのひとはずっとこんな感じだった。

颯也を偽善者と言ったときから。

強くて厳しくて……そして本物の優しさをもっていた。このひとに感情がないなんてあり得ない。多分、その感情の存在に気づいていなかっただけだ。

颯也はユベールにほほえみかけた。

「あなたのキス……好きです」

「おねだりか？　いいぞ、いくらでもキスくらいくれてやる」

彼が唇を押しつけてくる。

唇の間を駆け抜けていく白百合の香り。そういえば、彼が宿泊するホテルのベッドルームにはいつも白百合の花が飾られている。そのせいか、セックスのときの感覚を咽るような匂いから思いだし、躰が熱くなり、強く胸を締めつけて、唇を離すのが怖くなってくる。

一瞬でもふたりの唇の間にすきまができてしまうと、互いの正体がわかる前の幸せな気持ちやアルハンブラでの優しい記憶までなくしてしまいそうな気がしてイヤだった。

「んっ……ん……っ」

キスをくり返しながら、いつしかヒマワリにかこまれる夜のなか、衣服を脱ぎ捨て躰をつなげていた。

この人が好きだ。自分のせいで死なないで欲しい。

だから離れなければ……。

はっきりとそう実感し、颯也は狂おしいままユベールの背に腕をまわした。

見わたすかぎりのヒマワリの群れ。吹きぬける風以外になにもない場所に颯也の甘い声とふたりの肉がこすれあう音が響く。

月光がそんなふたりの姿をひっそりと青白く照らし続けていた。

7　死刑囚の涙

その夜、颯也《そうや》はなにも言わずにユベールの館を出て、フリオ神父のもとに戻った。

そして頼んだ、自分は日本に帰国したい、もうこの国にはいたくない、と。

「死刑囚とむきあう人生には、耐えられなかったのか」

帰ってきた颯也と会い、フリオはやれやれと肩を落として苦笑した。

「すみません」

このままだと狂ってしまう。だから日本に帰りたい。

ここにいたら、いつか彼の死を知ってしまう。もちろん、帰国してもインターネットやニュースで知ることになるだろう。けれどスペインにいれば、その死は一片の容赦もなくリアルな現実となって襲ってくる。

「わかった。おまえの渡航も、あの男とのことも私の独断で決めたことだ。おまえが受け入れられないというなら仕方ない。だが九月の面接だけは受けなさい。神父不適格とされないためにも。せめてものけじめとして」

「はい」

九月の面接……か。もうスペインにきて六年。あと一年と少しで司祭になることができるのに、この半年、殆ど助祭としての役目を果たしていない。ちょうど一年前の九月、ユベールにさえ会わなければ、今頃はどうしていただろう。

「そうだ、颯也、妹の香帆《かほ》さんから連絡があった」

突然のことに、颯也は驚いて目をみはった。

「手紙をあずかっている。私は読めないので中身はわからないが、手紙の内容について電話で香帆さんと話をしたよ。おまえとはスペイン語で話しているからね、ひさしぶりの日本語に緊張してしまったよ」

渡された分厚い封筒。上品な花模様の封筒には、妹の香帆が手書きで書いたアルファベットが記されていた。そっと封筒を開けると、ふわっと甘い香りがした。封筒とペアになった便せんには、丸みのある愛らしい妹の文字がぎっしりと綴《つづ》られていた。


なつかしい兄さん。スペインに行ってもう六年。元気に過ごしてますか?

誰に対しても優しい兄さんのことだから、もう神父としてたくさんの人を救っているんじゃないかって、母さんとよく話をしています。

兄さん、私、兄さんにたくさん謝んないといけないことがある。

あの事件のとき、兄さんを信じなかったこと。もう会いたくないなんて言っちゃったこと、謝んなきゃって、ずっと思っていました。

兄さん、ずっと私たちの生活を支えてくれたのに、お礼も言わないで、ふたりで兄さんのことを責めてしまった。有沢《ありさわ》くんと兄さんが恋人だったってことがショックだったせいだと思う。私も母さんも、兄さんはいつかかわいい女性と結婚するって思ってたから。

読んでいるうちに涙が出そうになった。

手紙には、ほかにも事件の件で誤解していたということが記されていた。

未成年の少年を誘惑したホモで魔性の刑務官という、マスコミがあおりたてるために作った言葉を鵜呑《うの》みして、それまでの颯也の姿をかえりみようとしなかったことへの謝罪が延々と記されていた。

そして、なにもかも颯也がしてくれるから、当たり前のように甘えていたことに対しても。高校、看護大学への学費、生活費のすべてを颯也の世話になっていたのに、当時はそのことに感謝していなかった。そうするものだと思っていたとも。

手紙を読み終えると、颯也はフリオに礼を言った。

「ありがとうございます。少し救われました」

「残念ながら、そこに結婚とスペイン旅行の話は書かれてないそうだね」

「え……」

「おまえの担当弁護士と入籍したそうだ。おまえの事件のことを話すうちに。九月初旬、新婚旅行をかねてふたりでスペインにやってくるそうだ。弁護士の彼は、マドリードで最初の数日間、仕事があるらしい。その間、香帆さんは、一度、おまえとふたりきりで話がしたいと言っていたよ」

結婚……しかもスペインに新婚旅行……。

「どうしよう……緊張してきました」

「どうして？」

「ふがいない兄の姿を見て香帆に失望されないか心配で……でも会えるのはうれしいです。赦してくれたことも。母のことも聞きたいですし、マドリードに会いに行きます」

「ふがいなくはないよ。司祭への道は生半可な気持ちではできない。颯也、九月の面接をうけたあと、帰国するのはやめてやはり本格的に司祭になる準備をしないか」

「私に神父は無理です」

「なぜ決めつける」

「ユベールを好きになってしまったからです。どうしようもないほど愛してしまいました。何度も彼と寝て、同性相手に肉欲の罪を重ねただけでなく、心まで。好きになってはいけない相手なのに」

「颯也、わかっていないな。おまえを救うことができるのは彼だけだと思ったから、無謀な彼の申し出を私の一存で承諾したのだぞ」

颯也は顔をあげた。

見あげると、見えない目が慈しむように自分をとらえていた。

「いいかげん現実を認識するんだ」

「フリオ神父」

「人を好きになれたことをなぜ喜ばない。肉欲の罪など、あとで懺悔《ざんげ》すればいい。それよりも自分があの男を愛した事実、自分から人を愛する幸せ、なぜそれを噛みしめない」

「ダメです。私は幸せなど望んじゃいけない人間なんです。有沢を死なせてしまったのに。あなたの躰にもとりかえしのつかないことを」

颯也が言うと、フリオはパンと手のひらでデスクを叩いた。はっと目を見ひらいた颯也に、厳しい顔つきで言う。

「有沢悟《ありさわさとる》の死はおまえの責任じゃない。私の目も足も、偶然の産物だ。神が与えた私への試練だと思っている。でなければ、私はおまえの命を助けたことを後悔しなければいけなくなるじゃないか。だからそのことでおまえに責任を感じられると迷惑だ――」

フリオの言っている言葉の意味。愛せたことに感謝を？　死ぬことしか考えていないあの男を愛した幸せ？

その意味を考えながら、数日間、颯也は修道院内で聖書を読み、九月の面接試験にむけて勉強をしていた。

そのとき、修道院にパブロから電話が入った。

『あいつが今日……大ケガをした。死ぬかもしれない、おまえさんを告解の司祭として呼べと言っている。マラガの聖マリア病院にきてくれ。二階にいる』

突然の連絡だった。

なに？　どうして？

マラガ——といえば、ここから車で四時間以上もかかる場所ではないか。

四時間……彼の身はもつのか？

全身の血が流れ落ちるような感覚とともに、激しい目眩《めまい》に襲われた。

ロザリオをにぎりしめ、颯也は修道服を身につけるのも忘れ、修道院を飛びだしてしまった。

白いざっくりとしたシャツにベージュのズボンで。

こんな日にかぎって、修道院のまわりにタクシーがない。

椰子の木々に埋め尽くされた大通りに行って必死にタクシーをさがしたが見当たらない。

マラガの聖マリア病院。それがどこにあるのかなんてわからない。駅に行くべきか、それともタクシーを借り切って行くべきか。あるいはレンタカーを借りるか。

魂が躰から抜け、生きた心地がしないまま、空っぽの頭のなかに、ただユベールが死ぬかもしれないという恐怖が衝きあがってきて、必死に大通りを走った。

途中、信号のところで停まっていたタクシーに気づいた。窓を思い切りたたいて、眠っている運転手を起こして、レンタカーショップに急いでもらった。

そのあとは頭が真っ白でなにも記憶にない。

早く走れそうな車を借り、アンダルシアを斜めに横断するマラガへの道を急ぐ。

ラジオをつけると、聞こえてきたニュースに颯也は血の気を失いそうになった。

『今日の闘牛場は喝采と叫び声の嵐に包まれた。ユベール・ロマンは牛の角に腹部を抉られ、血を流しながらも立ちあがって牛にむかっていった』

耳にしているのが辛い。けれど息を殺して、車を進め、耳をそばだててラジオから流れてくるスペイン語に必死に耳をかたむける。

アナウンサーの話に、心臓が凍りつきそうになるのを感じながらも、今日のユベールがどんなふうだったのかを颯也は知ることができた。


今日の最後の闘牛。牡牛の角で突き刺され、ユベールの青色の衣装が深紅に染まる。

最初はそれが、彼の血なのか牛の血なのかはわからない。

けれど彼はいつものように表情を変えず、何食わぬ顔をして平然と闘牛場に立ち続けた。

だから最初は彼のケガはたいしたことはないと観客たちは安心していた。

しかし闘牛を続けるうちに、彼の腹部や腿から流れた血が闘牛場の砂を赤く染めている事実に気づき始める。

大量の血。おそらく動脈を切ったのだろう。

スタッフが彼を止めようとする。このままだと死んでしまう。だからやめるんだとユベールを止める。観客からも闘牛をやめるようにというコールが鳴り響く。

怖ろしくて見ていられないと叫ぶ女性。泣きながら顔を覆う者が続出するなか、彼だけはいっさい表情を変えずに最後まで闘牛を行って、一発で牡牛をしとめた。

闘牛場は大喝采にどよめく。彼は闘牛場の外に出るまで、何事もなかったかのように振る舞っているが、外で待機していた救急車の前にきたとたん、がっくりと意識を失ってしまった。

その後、彼がどうなったかはまだわからない。傷は深く、出血量を考えても、命の危機にひんした傷だとアナウンサーは状況を語った。


――ユベールらしい。絶対に他人の前で惨めな姿はさらさない。どんな大ケガでも彼なら最後までやり遂げる。

それからどうやって車を走らせたのかわからない。思ったよりも早くマラガに到着し、カーナビゲーションを使ってマラガで最も大きい病院にむかった。

高級リゾート地――コスタ・デル・ソルの玄関口マラガは国際線の飛行機も多く発着し、高層ビルが多く建ちならぶアンダルシア地方きっての大都会だ。

大丈夫、これだけの都会なら、医療施設も充実しているはずだ。闘牛士のケガにも慣れているだろう。心のなかで少しでも安心材料をさがして気持ちをおちつけているうちにパブロが指示した病院にたどりついた。夜半だというのに、ロビーにはマスコミや後援会のメンバーが多く詰めよせていた。誰もが心配そうな顔はしているが、まだユベールが死神に連れ去られていないことだけはわかってよかった。

受付で病室を聞き、颯也は二階へとむかった。エレベーターの扉がひらくと、そこにパブロが待っていた。

「こっちだ。ユベールが呼んでいる」

煙草をくわえたまま、颯也の手首を掴む。

「ユベールは?」

「自分の目でたしかめてくれ」

憔悴したようなパブロの双眸《そうぼう》。

離れてくれとたのんだ男からの呼び出し。

その不吉さ。まさか……という恐怖と闘いながら、病室の扉に手をかける。

そっと扉を開けた瞬間、薄暗闇のなか、そこにいる男の姿に颯也は目を疑った。

月の光。中庭のパームツリーがまばゆく照らされているのが窓から見える。

開かれた窓から入りこむ風が病室の真っ白なカーテンをたなびかせ、庭にうっそうと生えている真っ白な天人花の甘い香りが病室に流れこんできていた。

広々としたホテルのような病室の中央で男がベッドに腰を下ろしていた。裸の上半身に闘牛のジャケットを袖を通さずにはおって。

下肢はサスペンダーをとった闘牛のズボンのまま。血まみれのシャツが床に落ち、彼の腹部には血のにじんだ包帯が幾重にも巻かれていた。

「無事……だったのですか」

目の前に行き、じっとその顔を見つめる。魂が抜けたような声が喉から出てきた。

「死んだと思ったのか？」

「あたりまえじゃないですか。セビーリャからどんな思いで……」

「その顔が見たかった」

彼の前に立つと、ベッドに座ったままユベールが頬に手を伸ばしてくる。

「見たかったって……」

呆然と目を見ひらく颯也を見つめ、おかしそうにユベールが微笑する。唇の端をあげ、勝ち誇ったような笑みをマラガの月の光が青白く照らす。ぞっとした。

「見たかっただけだ。俺が死神と結婚するかもしれないと思ったとき、俺を捨てていった男がどんな顔をするか。だからおまえを困らせるためにケガをしてやろうと思い、いつもより牛に近づいてみた」

冷ややかに笑う男の顔を、颯也は信じられないものでも見るような眼差しで見つめた。

では……このひとはわざと？

「バカな……どうして……そんなことを」

驚きのあまり、言葉が出てこない。

「うれしいか、俺が無事で」

問いかけられても、唇をわななかせることしかできない。

一筋、涙が流れ落ち、頬を濡らしていく。

「……ん……っ」

なにも言えない。硬直したままの颯也の頬をユベールは手のひらで包みこみ、指の関節で涙をぬぐいとると、指に髪を絡めていく。

優しい春の風のような愛撫を加えながら、ユベールが切なげに問いかけてくる。

「俺をそんなに愛しているのか？」

「……っ」

「本心を言え。俺への愛を自覚したから、離れようと思ったんだな？」

「まさか……誰が」

「俺が好きなら、言葉にするんだ。そうしたら、出て行ったことを許してやる」

言いながら、ユベールが手を掴み、手のひらにキスしてくる。

熱い唇の感触に胸が疼いた。唇が離れたとき、颯也は瞳に涙をためていた。そして彼の腕を掴み、唇を震わせた。

そう、好きだ。どうしようもないほど。だから死なせたくない。そう思ってこのひとのところから離れたのに、ひきもどすためにこんな危険なことしてしまうなんて。

「わからない……許して欲しいのかどうかなんて」

颯也はまぶたを閉じ、もう片方の手を彼の肩にかけて唇を近づけていった。そのまま彼に後頭部を掴まれ、唇をふさがれた。

「……っ」

唇をこじあけ、ユベールが舌を絡めてくる。

荒々しく乱暴なくちづけ。颯也は彼の腕を掴み、そのくちづけに応えていた。

「ん……」

言葉を発しないまま、それぞれの唇の皮膚をつぶしあうように唇を重ねていく。

彼の吐息。生きている証拠のような気がして切なくなってくる。

そっと優しく唇を吸われ、音を立てながら甘くついばまれていく。命をネタに脅すようなまねをされ、腹が立ってしょうがないのになぜかそのくちづけが心地いい。

こちらの心の奥の動揺を知ってか知らずか、ユベールの手が颯也の髪に移動した。子供をあ

やすような仕草があまりにも優しく、奇妙なほど心がおちついていく。殺しをしたばかりの手とは思えない優しさ。

目を細め、じっと見あげると、彼は淡く微笑し、颯也の髪を梳きあげていった。この男の癖だ。指から髪が流れ落ちていく感触を楽しむような。

「いいな、俺のそばにいろ。二度と出ていくな」

懇願するように告げられるその言葉に胸の奥が震えた。切なく狂おしい感覚とともに。

すぅっと顎に触れる彼の指先。今日も血の匂いがする。

その体温の低い指に触れられると、ふたりで過ごした狂おしい時間を思いだす。

触れられていたい。この指先にもっと。でないと、もっと危険な目に遭わせてしまう気がして。

このひとは、いつ気づくのだろう。自分がとても愛に餓えていることを。

そのため、命とひきかえにこちらを試すようなまねをしている事実を。闘牛場での死も万人からの愛を求めているゆえ。

何て淋しいひとだろう。そう思ったとたん、もう一筋、涙が流れ落ちてきた。

その涙をぬぐうと、彼は濡れた指先で颯也の唇をなぞっていった。

彼の指。生きているぬくもり。皮膚の感触。けれど血の匂いがする。

どうしてもその指が欲しくて颯也がうっすらと唇を開けると血の匂いと涙の味のする指が二

本、口内に侵入してきた。

なにも言わず、口淫するときのように指先を銜《くわ》えこみ、舌先で嬲《なぶ》っていく。しばらくその指をしゃぶっていると、彼の手が後頭部に手をかけ、指をひきぬく。

「ん……っ……」

そのまま彼の手が髪を撫で布越しに首筋、鎖骨、そして胸、乳首へと移動していく。

颯也の脳裏にフリオの言葉が甦る。

『人を愛した幸せをどうして噛みしめない』

その意味。ユベールを好きになった気持ちから逃げてはいけないということなのだと、今、ようやくわかった。

そして前にフリオ神父が言っていた優しくて弱いという言葉の意味も。

——私に足りなかったのは、強さだ。その強さの意味がずっとわからなかった。でも今……ようやく気づいた。

それは勇気だ。自分がどうしたいのか、自分が誰を愛し、どう生きていきたいのか、はっきりと自覚し、そして前に進んでいくための。

有沢に同情してしまった優しい弱さ。母や妹から見捨てられても自分が悪いと受けいれてしまった弱さ。

もう迷わない。強くなろう。本当に大切なものは何なのか。失いたくないものは何なのか。

「どうした、俺に許されたのがあまりに嬉しすぎて声もでないのか」

そんな皮肉に何の反応も示さず、颯也はただ無言でユベールの腕を掴み続けていた。

「どうしたんだ、颯也」

眉をよせ、ユベールがじっと見あげてくる。その腕を掴み直し、颯也は心にかかえていた思いを口にしていた。

「私があなたを愛していると言ったら、闘牛場で死ぬのをやめてくれますか」

「……っ」

ユベールが眉間にしわを刻む。

「あなたを愛して、他のひとたちのように私も死んだら……闘牛をやめてくれますか？　愛されるために死を目指して闘牛をし続けることが不毛だと気づいてくれますか」

ユベールはさらに目を眇めた。

「あなたが頂点に立って死ぬなんてバカらしいことをやめてくれるなら……私はどうなってもいいから」

ユベールは気づいていない。

彼は自分が愛されるために闘牛をしているということを。

「闘牛とおまえへの気持ちは別だ。なにか勘違いしているようだが、俺は自分のために闘牛をしている。他人に愛されるためじゃない。だいいち頂点に立って死ぬこととおまえとは何の関係もないことだ」

やはりユベールにはわからないのだ。自分自身が本当になにを求めているか。

「関係あります。私の愛する人間がこの世から消えます」

思わず出た言葉。

その瞬間、ユベールが妖しく微笑した。勝ち誇ったかのように。そう、凶猛な牡牛を一発でしとめたときのような不敵な笑みで。

「それなら誓え。約束どおり、今シーズン、ずっと俺のもとにいると」

「誓ったら闘牛場で死ぬのをやめてくれますか？」

「愚問だ。それは俺の問題だと言ってるだろう」

「そうかもしれない。でも私はあなたにも逃げて欲しくないから」

「俺が逃げているだと」

ユベールの瞳に鋭い光が閃《ひらめ》く。

「頂点に立ったら死ぬ――私には逃げているようにしか思えません。それで伝説になるなんて、まちがっている。私はあなたにそんなつまらない闘牛士にはなって欲しくない。生きるなかでもっと大きなものをつかんで欲しい。あなたがそうしてくれるなら、私は何でもするから」

祈るような気持ちで伝える。そう、死んで伝説になるのがこれまでの闘牛士のあり方なら、これからこのひとが新しい伝説を作ればいい。

より高みを目指して欲しくて、必死に伝えたつもりだった。

しかしその言葉にユベールはふとなにか考えこんだ顔をして、颯也を見あげた。

しばらくじっとこちらを見つめる。ついさっきまでの優しさが感じられず、颯也はふいに不安になった。まさか彼を怒らせたのか？　よけいなことを言ったから。

「つまらない闘牛士……か。おもしろい。じゃあ、おまえの覚悟をとことん見せてもらおうじゃないか」

意地の悪い冷ややかな笑み。その刹那、ふたりの関係が大きく変わってしまったことに颯也は気づいた。

†

俺が愛されるために闘牛をしているだと？　頂点に達したときに死んで伝説になるのなんてつまらないだと？

この男は何ということを言うのだろう。

「もういい。ひとりにしてくれ。おまえを抱く気は失せた」

冷たく言うと、颯也はなにか察するところがあったのか、一瞬だけ顔をひきつらせたあと、すぐに表情を戻し、「わかりました」と言ってユベールに背をむけた。

「だからといって俺から解放されたと思うな。シーズンが終わるまで荷物運びとしてパブロを手伝え」

「はい」

「どんなことでもすると言ったな？　それなら俺の闘牛のあと、パブロと一緒に街で適当な娼婦《プータ》をさがしてこい。おまえの代わりに俺の相手がつとまりそうなやつを」

「……っ」

それまで無表情だった颯也の顔が蒼白にはりつめていく。その眼差しが果たして憎しみになるのか、そのまま愛を貫くのか。

——本当は試すまいと思っていたが、おまえが悪い。よけいなことを口にするからだ。急に捨ててしまいたい気持ちになったじゃないか。

楽しみだ。颯也がさがしてきた娼婦をベッドに呼び、目の前で一晩中、女を貪ってやる。いっそ恋人にできそうな女優でも見つけ、この男の前で甘い言葉を囁き、これ以上ないほどのプレゼントをして、プロポーズでもしてやるか？

想像しただけで、背筋がぞくぞくとした。

「じゃあ、おまえにはもう用はない。出ていけ。必要になったら呼ぶ」

突き刺すように言うと、颯也は無言で扉にむかった。しかし戸を開け、一瞬立ち止まって問いかけてきた。

「あなたは……どうして闘牛士になったのですか」

またなにかよけいなことを言おうとしているのか。神父不適格といわれているくせに、神父らしい説教でも垂れる気か。

なにも答えず無視していると、肩を落として颯也が部屋を出ていった。

ユベールは声をあげて笑いながら、ベッドに横たわり、目を閉じた。愛した人間から徹底的に冷たくされ、それでももし彼が自分を愛することができたら、そのときこそ解放してやろう。それまでは苦しめてやる。

——死ぬななど、この俺にむかって言った罰だ。つまらない闘牛士などと仕事に口出ししてきたことへの制裁だ。


『あなたは……どうして闘牛士になったのですか』

颯也の言葉を耳にこだまさせながら、幼い日の記憶を呼び起こす。闘牛士になろうと思ったのはいつのことだったか。

九月。マタドールだった父が出場することもあり、地元にほど近い場所にあるアルルの闘牛祭に行ったときのことだ。

記憶のなかにあるのは、ブーゲンビレアが咲き誇る美しい庭園。

あれは、その当時、飛ぶ鳥を落とす勢いだったパブロの別荘でのことだ。パーティが行われていたが、父の姿はなく、ユベールはひとりで庭園をさまよっていた。

窓の外からアルルの音楽ファランドールが鳴り響くなか、神父が現れ、建物のなかに入っていくのが見えた。

父がよく通っている教会の司祭だった。父は信仰心が厚く、彼に何でも相談している。教会から戻るたび、白百合の匂いを漂わせて。

ユベールは、神父のあとをついていった。彼の通ったあとにやはり白百合の香りがした。

その匂いをたどっていくとパブロの衣装部屋に着いた。

「すご……こんなにたくさん」

クローゼットいっぱいに吊された衣装の数の多さに圧倒される。

フランス人として差別され、なかなか闘牛の興業に呼ばれず、一着数百万かかるという衣装を用意するのに、いつも苦労していた父からは想像もつかないほど華やかで、豪華な衣装や剣の数々。

ユベールの自宅の何倍もあるような衣裳部屋を通り抜けていくと、隣の部屋から啜《すす》り泣くような声が聞こえてきた。がたがたとベッドが軋む音。なにか揉めているような様子。そして荒々しい獣のような男の息づかい。

——……っ！　一体、何が……。

隣の部屋に飛びこんでいったユベールは、そこで見た光景に全身を固まらせた。

「あぁ……っ、あっあぁ」

父が男ふたりと獣のように媾合《こうごう》している。

しかも聖母像が飾られた祭壇の前で。

父が後ろから神父に貫かれ、四つん這いになっている。その顔の前には別の男。そこにいるのはパブロだった。

褐色の肌のパブロの躰の中心の巨大な性器を、父が口でしゃぶっている。

――うそ……だ。

腰骨を掴んで父の腰を前後に激しく動かす神父。父の髪の毛をわしづかみ、獣のようなうなり声をあげて、その口に射精するパブロ。凶々しいほど濃密な白百合の香り。

彼らが揺れるたび、ろうそくの火もゆらゆらと揺れていた。

ユベールはごくりと生唾を呑んだ。

そのとき、神父が衣装の間にいるユベールに気づいた。

「おい、おまえの子供が見ているぞ」

男が問いかけると、父がこちらに視線をむけた。そのときの艶めかしくも、淫靡《いんび》な眼差しが今も忘れられない。

「……っ……違う、あんなガキは知らない。それより……もっと激しく……抱いてくれ……そう、そこだ……ああっ……いいっ」

あんなガキは知らない――――。

男に前からも後ろからも蹂躙《じゅうりん》され、悦びの声をあげている父。

あとで知ったが、父はパブロに躰を売り、アルルでの闘牛に出場できるだけの金を融通してもらったらしい。それまでも何度もそうやって、父は闘牛に出場していた。父が通っていた教会の神父がその斡旋《あっせん》をしていたらしい。

――そんなにしてまで、闘牛士として成功したかったのか、あの男は。

そのとき、ユベールは闘牛士になる決意をした。

しかし皮肉にもその翌日、父は闘牛場で再起不能になるような大怪我を負った。

闘牛士への障害者保険で、生活に困らなくなったものの、それからは酒に溺れるようになっていった。パブロはユベールを養子にして闘牛士にしてみたいと言ってきたそうだが、そのことにショックをうけた父は、ユベールを部屋に閉じこめ、闘牛の世界に絶対に近づけないようにした。

だから遠縁の家の養子になり、しばらくしてからユベールは家出した。

そしてパブロとも誰とも関係のないスペインのアンダルシア地方まで行き、随一の大闘牛牧場の門を叩いた。スペイン語もまともにわからない子供だった。コネもない。金もない。だが実力だけでのしあがりたいという気持ちは誰よりも強かった。

父のような負け犬にはなりたくない。パブロとしていたようなこともしたくない。

その執念に支えられ、ユベールは十六歳のとき、最初に門を叩いた闘牛牧場のオーナーのバックアップを得て、一級闘牛場のひとつ——バレンシアに出場することになった。

よほどショックだったのだろう。父はバレンシアのユベールのホテルで自殺してしまった。息子の成功をその血で呪うかのように。

——それでも闘牛士を続けているうちに、いつかオヤジの気持ちがわかるかと思ったが、いまだにわからない。

わかるのは、あいつと違って犯されるより犯すほうが性《しょう》にあっているということくらいか。

それからスタッフの一番下っ端として、颯也はユベールのところで働くようになった。

衣装、カポーテやムレータのクリーニング。アイロンかけ。それからパブロとふたりで適当な娼婦をさがしてくる。

そして闘牛の本番中は、車に残ってエンジンの調子を整えたり、他のスタッフの給料計算をしたりと雑務をこなしながら、神父としての勉強を黙々としている。

どんなに冷たくしても変わらない。それどころか惚れた男のベッドの相手をよくさがしてこられるものだ、しかもその情事を見せつけられて平気なのかと尋ねても、彼は表情を変えない。

「それはもう俺を愛していないからか?」

「いいえ、私の気持ちに変わりはありません。あなたが死ぬのをやめてくれるのを待つだけ」

なにをしても颯也がユベールに憎しみをむけることはない。愛だけ。強くてゆるぎない意思。

——潮時だな。

そう思った。ユベールは、自宅にクリーニングしたばかりの衣装を届けにきた彼に、給料の入った袋を手渡した。

「え……っ」

「解雇する。もうここにいなくていい」

「ですが……約束は今シーズンの終わりまでと……」

「おまえが俺を愛しているというなら出ていけ。愛など必要ない」

黒々とした瞳が切なげに自分を見つめる。キスしたい、犯したい。そんな衝動が激しく衝きあがってきたが、己の情動を殺し、ユベールは札束の入った給料袋でその頬を叩いてやった。

「聞こえなかったのか、出ていけ」

しばらく呆然とユベールを見つめたあと、給料を手に、颯也は「お世話になりました」と頭をさげて家をあとにした。

窓辺に立ち、門から出ていく彼の姿を見つめる。

今度こそおまえは俺を憎むだろうか。それともそれでも愛するだろうか。

憎んだときは死ぬかもしれない運命だ。その心の執着ゆえに。

だが愛したときは……いや、愛を貫いた人間はいないので結果はわからない。

——愛を貫いた人間はいない？

一瞬、自分の心の言葉に目の前が暗くなった。なぜか奈落に突き落とされたような気持ちになっている。

「愛を貫いた人間はいない……？」

愛の意味。愛を貫く意味がわからない。

ふと自分の足もとが崩れていくような、錯覚をおぼえ、ユベールは瞬きを忘れ、窓から外を見下ろした。

颯也が門の外に出ていく。もう彼のほっそりとした影しか見えない。

そのとき彼の言った言葉が脳裏に甦る。

『あなたは……どうして闘牛士になったのですか』——と。

どうして闘牛士になったか？　決まっている。トップになって誰も届くことのない高みにたどりつくためだ。そしてそこで死んで、伝説になる。他の闘牛士がそうであったように。

また颯也の声が耳の奥で響く。

『頂点に立ったら死ぬ——私には逃げているようにしか思えません。それで伝説になるなんて、まちがっている。私はあなたにそんなつまらない闘牛士にはなって欲しくない。生きるなかでもっと大きなものをつかんで欲しい。あなたがそうしてくれるなら、私は何でもするから』

生きるなかで大きなものをつかむ？　逃げているだと？　つまらないのか？　そんなことはない。つまらないもののために命をかけたりしない。

何のために俺は闘牛をしているんだ？　そう思ったとき、ふっと大切ななにかを自分が失った気がした。魂にも似た大切なものが躰から消えていく感覚。

ユベールはもう一度窓の外を見た。そこにはもう颯也の影もなく、ただまぶしいほどの太陽がさしているだけ。

そのとき、ふっと頬を一筋の涙が流れ落ちていくことに気づいた。

——バカな……何なんだ、これは。

人生において一度も流したことのないもの。自分で捨ててやったのに、どうしてあんなやつのことが気になる。自分が捨てられたような気持ちになるのは何なんだ。わからない。

その日、ユベールは初めて闘牛場に行くことに恐怖を感じた。

8　生きる意味

颯也《そうや》がユベールの家から追いだされた二日後、妹の香帆《かほ》がスペインにやってきた。

「兄さん、少しやせた？」

焦げ茶色の長い髪、切れ長の瞳。すらりとした長身に、薄手のワンピースを着た香帆は、以前の子供っぽさが消え、すっかり大人の女性になっていた。

「外、暑そうね。私の部屋にくる？　今、誰もいないから」

「じゃあ、部屋に何か運んでもらおう。おごるよ」

「うわっ、うれしい。そうね、パエーリャはバレンシアで食べる予定だからそれ以外。できたらイベリコハムが食べたい」

「わかった。注文するよ」

ホテルの一室に入り、ルームサービスを頼んでいると、香帆が小さな封筒を差しだしてきた。

「兄さん、母さんから手紙をあずかってきた。謝ってた、兄さんのせいじゃないのに、ひどいことを言ったって」

「うん、でも一時期、彼とつきあっていたのは事実なんだ」

「兄さんは優しいから。いつもそう。たよられると断れないの。私たちから、顔も見たくないって言われたからスペインにきたんだよね」

香帆は泣いていた。

「ごめん、考えればすぐにわかることなのに。母さんも泣いていた。悪いことしたって」

そうしていろんな話をした。六年以上の歳月をかき消すほど。

妹のホテルはマドリードの中心地にあるカスティリャーナ通りに面し、部屋の窓からは闘牛場のある通りが見えた。ユベールはどうしているのだろう。ふとそう思ったとき。

「うわ、この闘牛士たちかっこいい。スペインって感じね」

笑顔の戻った妹がホテルのテーブルに積まれた雑誌のなかの闘牛の広告に目をとめた。

――これはセビーリャの……。

九月半ばにある闘牛祭の広告だった。写真はユベールとサタナス、それからロサリオというイケメンの闘牛士。

「見たいな、でも残酷かな」

「これは見れない、九月末の闘牛予定だ。それに場所もアンダルシアだ」

「そうだ、ガイドさんが、闘牛を見るなら、明日と明後日、マドリードでいい闘牛士の闘牛があるって。どんな闘牛士が出るのかな、イケメンだったらいいのに」

明日と明後日？　めずらしい、火曜日と水曜日なのに。この時期、マドリードでは日曜日の観光客用の闘牛しか行われないというのに。

「わかった、誰が出るか見てみるよ」

ネットで予定表を確認すると、明日と明後日は観光客相手の闘牛ではなく、国王がやってくる二日連続での天覧闘牛だった。スペインでは特別な日にたまにこういうことが行われる。出場するのは、ユベール――。

そういえば急に大きな予定が入ったと言っていた。最近は彼と距離があったのでくわしい予定は聞いていなかったが。

「明日なら、そこにいるイケメンは三人とも出場するよ。国王もくる」

「うわ、うれしい。彼と一緒に行く。兄さんはどうする？」

「兄さんはやめておくよ。闘牛は好きじゃないし」

「うん、わかった。今回はなかなか自由時間がもてないけど、こうして兄さんに会えてよかった。兄さん、もう日本には帰らないの？」

その問いかけに颯也は迷うことなくうなずいた。

「ああ、セビーリャで神父を目指すから」

覚悟が決まった。ユベールを愛しているから、彼を見とどけよう。彼がいつの日か、死なないで生き残る決意をしてくれるよう、影ながら祈り続けようと。それまでとは違った祈り。初めて神に加護を求めた。罪のためでなく、生のために――。

自分のなかに強くゆるぎない信念がある。だから彼のところにいるときなにをされても耐えられた。たとえ目の前で彼が別の女を抱いたとしても、冷たく扱われても。彼を愛する気持ちが自分のなかにあれば……。

行ってもいないかもしれない。でも、彼がそこにいてくれるなら、遠くからでもいい。一目会いたい。

そんな思いで、いつしか颯也の足はマドリードの中心部にある、オペラ広場にむかっていた。午後二時から五時頃までの間、マドリードは、いや、スペインの街という街、村という村から人通りが消えて死んだように静まり、紺碧《こんぺき》の青空から一日で最も激しい午後の光が降りそそぐ。だがオフィス街からいくつかの広場を通り過ぎ、入り組んだ路地にむかうと、下町特有の喧噪が颯也の身を包んだ。

立ち食いバル、ハモン用に店の軒先に吊された大量のイベリコ豚の足、浮浪者、教会、ポルノショップ、闘牛のポスター、聖書の書店、ブティック。雑多なものが入り交じり、人の笑い声や派手なラテン音楽が流れてきた。

そんな下町の路地を抜けた場所に小さな広場が広がり、瀟洒《しょうしゃ》な白いホテルが建っている。闘牛士がよく泊まるウェリントンではなく、ユベールはいつもここに泊まる。

明日の闘牛に出るのなら、今日、ここにいても不思議ではない。そんなふうに思って、颯也はホテルの前まできていた。

しかし、フロントに尋ねる勇気はない。もしも会ってしまったらどうすればいいのか。

颯也はロビーの奥にある小さなバルに入った。

昼寝《シエスタ》の時間ということもあり、ホテルのロビーはまるで人気がなく、バルも奥のカウンターで一人のウエイターがのんびりと煙草を吹かしているだけである。

コーヒーを注文し、颯也は奥の場所に席を取った。

自分は何をやっているのだろう。

コーヒーを口にしながら、颯也がうつむいたそのとき、視界に影がかかった。

「――颯也」

頭上から聞こえた声に、はっとして顔をあげる。端正な顔の男がそこに立っていた。

「……どうして」

ふっと彼は艶のある笑みを見せた。二日前までの冷たい態度とは違う。うって変わったような優しげな表情。この二日でなにかあったのだろうか。

「明日、出場するから今日のうちにマドリードにきていたんだ。まさかおまえがこんな場所にいるとはな。教会の用事があったのか？」

「そんなところです」

あなたに会いにきたのです……と言うわけにもいかず、颯也はそう答えた。給料袋で頬を叩かれ、出ていけと言われてしまったのに。

「俺のところにもどってきた……というわけじゃなさそうだな」

「明日……あなたが闘牛をすると知って」

颯也の隣に座ったユベールは胸からチケットを出して手渡そうとした。

「くるなら、こい」

「いえ、明日、セビーリャにもどります」

「神父の修行生活にもどりたいのか」

「そうするつもりです」

こんな会話がしたいわけではない。だからといってどんな会話がしたいかと訊かれても困るのだが。心もとなくなって瞳を瞬かせた颯也だが、ユベールの瞳はバルの隅にあるテレビにむけられていた。

視線を追うと、テレビにはドラマチックな映画が流れている。そこに映る女優の顔を見て、えっと目をひらいた。

颯也はじっと隣を見つめた。視線に気づき、ユベールが鼻先で嗤う。

「なかなか綺麗な女だな。躰もいい」

「あなたの母親……ですよね」

テーブルに肘をつき、ユベールが片眉をあげる。

ってからだ」
「さあ、テレビでしか見たことがないからな。あれが自分の母親だと知ったのは小学校にあが
「連絡も……ないんですか」
「あったよ、この間。昨年俺が七百万ユーロ稼いだ話を聞いて、突然、自分がコメンテーター
をしている番組で親子対談をしないかと。もちろん断ったけどね」
「断ったんですか？」
「落ち目の女優が闘牛士の息子に会いたがる理由は二つしかないだろ。一つは名声をあげるた
め。一つは息子の金をもらうため」
冷たく吐き捨て、ユベールは煙草を口に銜える。
母なる存在をもたず、父は自殺。ただ闘牛士になるためだけに生きてきた。そんな人生を歩
むうちに精神が歪んだとしても、それは仕方がないことではないだろうか。
「同情してしまいそうです。やっぱりあなたへの気持ちは変わらないから」
どうせ会うのもこれが最後。颯也はほほえんでそう言った。
手首をつかんで、ユベールが立ちあがる。翳りのあるヘイゼルグリーンの瞳で自分を見下ろ
し、誘う。
「くるよな、俺の部屋に」
低くささやかれた言葉に吸いよせられるように、颯也はゆっくりと前に進んだ。

ホテルの部屋に着くと、ユベールの携帯に電話がかかってきた。

明日の打ちあわせか何か。多分所属エージェントのマネージャーのアベルだろう。

まだつぼみのままの白百合が飾られたサイドテーブル。相変わらず白百合がある。ライトをつけ、ベッドにけだるげに横たわり、枕に肘をついて話をしている。颯也はそっとそのベッドの端に腰を下ろした。

「国王との夕食？　そんなものは断れと言っただろう。先約がある」

そう言って携帯を切ると、ユベールは半身を起こして颯也の肩に手をかけてきた。

背中から抱きしめられ、首筋にユベールの息がかかる。颯也は息を呑み、うつむいた。

「国王との夕食はいつなんですか？」

「今夜だ」

耳元でささやき、胸に手をすべらせてくる。指先で胸の突起を押しつぶされ、颯也はかすかに身を震わせた。

「それならどうかそちらに行ってください」

躰をこわばらせながら、颯也はか細い声で言った。しかし。

「国王なんてスペイン野郎だぞ。それよりもおまえに触れたい」

そう言って耳朶から首筋、肩へとユベールは咬みつくようにくちづけていく。ベルトをほどかれ、シーツのなかに躰が引きずりこまれる。

颯也を見下ろし、額の髪をかきやりながら、そこにユベールが唇を落とす。

「よかった。戻ってきてくれて。もうおまえを離す気はない。尤も戻ってこなくても、かっさらいに行くつもりだったが」

「待って……でも二日前に出て行けと」

「以前に言わなかったか、俺は昨日の言葉も忘れるような男だ。またおまえを俺の愛人にする。いいな」

唇を塞ぎながら、ユベールが下肢に手を伸ばしてくる。すでに蜜をしたたらせた性器を弄ばれ、躰が一気に熱くなった。

けれどそれ以上にまぶたが熱かった。涙が滴り落ちてくる。捨てたはずなのに、二日前に出て行けと言ったくせにまた愛人にするなんて。気まぐれにもほどがある。……でも嬉しかった。

「そんなに俺が好きなのか？　なにをされても憎む気にはなれなかったのか」

うつむき、颯也はうなずいた。

「よかった。それでいい。俺も同じだ」

「え……」

同じ？

「おまえがいなくなって、俺も泣いたぞ。自分から捨てて、初めて気づいた」

泣いた……という言葉に耳を疑い、颯也は目をみはった。

「俺に生き続けろと言ったのはおまえが初めてだった」

「当然です。あなたが死んでも弔《とむら》いたくないです」

「だけど、俺はおまえ以外に看取られたくない」

「私はあなたの告解なんて聞きたくない。あなたの贖罪なんてしたくない。愛する人間の最後の言葉なんて受けとりたくない」

「おまえが聞いてくれないと、誰にも言えない。俺がどうして闘牛士になったのか、多分、父とパブロたちのことも話せる。白百合の忌わしい呪いも、どうしてこんなにも死神に囚われているのかも」

「ユベール……」

「おまえなら、俺の最後の告白を聞き、俺のために泣き、俺を悼《いた》むと思ったからこそ」

祈るような声。ユベールの激しさが恐かった。

生と死の隣合わせの魔性。それにとり憑かれているから、自分は彼に惹かれ、そして彼から離れたいとも願ってしまったのだ。

「でもおまえはイヤなんだな。俺をこの世にとどめておきたいんだな」

頬を歪め、ユベールはさもおかしそうに笑った。

「当たり前です、愛するひとには一分でも長く生きていて欲しい……」

言いながら颯也は胸が詰まりそうになるのを感じた。

「わかった。それなら俺が本物の闘牛士だと証明してやる。だから見にこい、神父として祈りを捧げたあと、今度こそ俺の闘牛を。俺に生きろと言うなら」


その夜、夢を見た。彼を殺す夢ではなく、彼が目の前で孤独に殺される夢。

飛び散る血しぶき。ユベールの躰からゆっくりと命が抜けおちていくのがわかった。

喪服のような黒い衣裳をきたマタドール。

「……約束どおり、あなたの告解を聞かせてください」

そうすがるようにたのんでも、彼から返事はない。

体温のない手をにぎりしめ、二度と開かないまぶたを見つめながら、そっと唇を近づけていく。

唇が冷たい。どれほど強くくちづけても、その唇が息をすることはなかった。

「どうして聞かせてくれないのですか。私に告解すると言ってませんでしたか?」

颯也はゆっくりと愛しい男の胸に顔を埋めた。五十度を越すアンダルシアの陽光が自分たちを灼く。

「ユベール……っ！」

自分の涙ではっと目を覚ました。

そこはマドリードにある、修道院の聖母像の前だった。

颯也は目の前の聖母像をじっと見あげた。

自分はどうしたらいいのだろうか。

彼の吐息、体温。血のかよっている輝き。本人のまなざしの見ている先とはまったく反対の、まさに生きている美。生きているという証のすべて。

それを喪わないで欲しい。それをなくさないで欲しい。そのために——。


その日、マドリードのラス・ベンタス闘牛場は国王天覧の闘牛が行われるとして、五月のサン・イシドロ祭と同じほどの大勢の観客で埋め尽くされていた。

三人のマタドールが白い土の上を入場していく。

黒い僧服をまとい、颯也は闘牛場の真ん中あたりの座席についた。

ここにくる前、ユベールの守護聖母と同じ名の聖母がいる教会に行き、彼の加護をたのんできている。

希望の聖母ラ・エスペランサ。もしもほんとうに彼女が希望の聖母なら、自分にも希望を与えて欲しい。

ユベールが死ぬくらいなら自分も死にたい。そう思ったが、彼の告解を聞くことができない夢を見たとき、それではいけないと思った。

それを聞き届けることを彼が望んでいるのなら、そのためだけに、ここにいなければ、と。

きっとそのとき、彼は話してくれる。

どうして闘牛士になったのか。

どうしてそんなふうな生き方をしているのか。

どうして死神と契約したのか。これまでの人生、そのすべて話して欲しい。

そして彼が自分といることで幸せだと感じるのなら、もっと幸せだと実感して欲しい。

それで最終的に闘牛場で彼が死んだとしても、幸せな人生だったと彼が思えればそれでいいのではないか。

灼熱の太陽が降りそそぐなか、闘牛場に出る途中、ユベールは国王とオーナーに挨拶したあと、颯也の前にやってきた。そして。

「今日のこの闘牛を俺の神父に捧げる」

そう言って、ユベールは黒い帽子を颯也に差しだした。

「ユベール……」

「俺の闘牛を見とどけ、感動したとき、それをかえしてくれ。以前にロザリオをあずかっていたように、今度は俺がそれをあずける」

迷いのないユベールの目。一斉に湧く拍手。

大丈夫、彼は死なない。そんな確信が胸に広がっていき、颯也は帽子を抱きしめた。

闘牛場の中央に立ち、瞑目《めいもく》するようにうつむいたあと、ユベールは会場をふりあおいだ。そして潔い眼差しで、じっと牡牛を見つめると、右手にした赤い布をゆっくりと静かに揺らした。

彼の闘牛——もしかすると初めてこの目ではっきりと見るのかもしれない。

今まで怖くて、ずっと背けてきた。けれどもうそらさないと颯也は決めていた。

彼への気持ち。死を望んでいた彼に、それでも生きていて欲しいと頼んだ自分の責任。だから見なければ……と、颯也はじっと目を凝らして彼の闘牛を見つめた。

光と影で区切られたくっきりとした境界線に立ち、光のなかで赤い布を揺らすユベール。地面を揺るがす地鳴りとともに、その赤い布のなかに吸いこまれるように牡牛が突進し、ユベールの躰ぎりぎりの所をすり抜けていく。

わぁっと歓声がとどろき、砂が舞いあがるなか、吹奏楽団の華麗なパソドブレが流れだす。

背中から腰にかけてしなやかにひきしまった官能的な体躯。どれほど牡牛が近づこうと、彼の美しい躰のラインも長く伸びた足の位置も崩れることはない。

そして冷ややかな笑みをたたえた彼の眼差しも、自分が支配下に置く牡牛を帝王のように泰然と見定めている。

長い腕の先の赤い布が光を反射させながら揺らめく。そのたび、歓声が沸き、牡牛と一緒に見ている者もその煌めきに翻弄され、酔わされて、生と死をかけたユベールの世界にひきこまれていく。

ああ、彼はこんなにも美しい。そしてこんなにも多くの人の心を揺さぶるのだという実感に胸が熱くなり、知らず熱い涙が颯也の頬を濡らしていた。

しかし割れんばかりの歓声が闘牛場大きく揺らしたそのとき——空気を切り裂くような悲鳴が響き渡った。

「——っ！」

帽子をにぎりしめたまま、颯也ははっと立ちあがった。すれ違いざま牡牛がユベールの躰にぶつかり、その角の先で腿を持ちあげ、大きく宙に浮き上がらせたのだ。

かつて見たディエゴの死。不吉な予感が胸をよぎる。だが助手が駆けつけ、助けようとする腕を払って立ちあがると、ユベールは表情を変えることなく剣をかまえた。

靴は脱げ、衣装はざっくりと破れ、そこに血がにじんでいる。けれど彼の姿からは、傷の痛みも、怪我の影響も一切感じられない。まるで何事もなかったような涼しげな表情で、一瞬にして牡牛を仕留めるユベール。

闘牛場は鼓膜が破れそうなほどの拍手と喝采に包まれる。そのなか、一礼をすると、ユベールは艶やかな笑みを浮かべ、颯也の前にやってきた。

「帽子を彼に返すんだ」

誰かの声が聞こえ、はっとして颯也は彼に帽子を返した。

腿からあきらかに血が流れているというのに、彼は平然と待機所に戻っていく。

足をひきずる様子もない。

「ユベール！」

発作的に颯也はその場をあとにした。客席の裏の通路を走って、彼のいる場所にむかう。

鉄製の扉で閉ざされた待機所の前にちょうどパブロがいた。

「こっちだ」

パブロが颯也の肩をかかえ、そのなかに連れていく。

「ユベール、出血がひどい。今日はあきらめて病院に行くんだ。あるいは救護室で応急治療をうけてくれ」

医師がユベールを説得している。しかし彼は頑として首を縦に振らない。

「あと一回、俺の闘牛が残っている。俺はいったん闘牛場に出たあとは命を失うことがあっても、正式に退場するまで怪我の手当はしないと決めている」

迷いのない言葉。ゆるぎのない彼の信念に圧倒されたように医師たちが説得をあきらめる。

「わかったよ。ただし、命に危険があると思った場合はドクターストップをかけるからな」

医師がやれやれと息を吐く。パブロが颯也に小声で話しかけてきた。

「大丈夫だ。脇腹と腿を角で傷つけただけだ。出血はひどいがこのくらいならあいつはやるだろう」

「え、ええ」

颯也はほっと息をつき、待機所の壁にもたれかかった。するとユベールが近づいてくる。

「ユベール……」

黒い衣裳のために出血は目立たなかったが、あきらかに抉られたような傷痕が残っている。

「どうした、俺が心配で見にきたのか?」

無邪気な笑みをこぼす男を颯也は恨めしげに見あげた。

「死ぬかもしれないと思って覚悟はしていたけど、まさか一頭目とは思わなかったから」

颯也は瞳から大粒の涙をこぼした。

「俺が……死ぬ?」

ユベールが意外そうに片眉をあげる。

「いつ俺が死ぬと言った?」

「告解を聞けと言っていたじゃないですか」

「ああ、言った。けど、バカバカしい話だ。なんで、俺がこんな闘牛大会ごときで命を散らさないといけない。しかもあの憎たらしいサタナスとロサリオが一緒のときに」

肩をすくめ、ユベールが嗤う。

ちがう。このひとはほんとうは死んでもいいと考えていたはずだ。

颯也が見あげると、ユベールが頭を抱き、耳元で囁いてきた。

「いや、本当はここでいさぎよく伝説になってやろうと思っていた。闘牛の殿堂ラス・ベンタス、国王と満員の客の前で散る……これ以上のステージはないからな。だけど、昨日、おまえとホテルで会ったときにやめることにした」

「……ユベール」

「俺を看取る前に、俺が闘牛の頂点をきわめるのをまず見届けろ。それがおまえの仕事だ」

ユベールはそう言って颯也のこめかみにキスした。

「逃げるなと言ったおまえの言葉の意味――。それはマタドールとして頂点をきわめ続けるということだろう？　一瞬で死ぬのはたやすい。だがその地位を持続するのはむずかしい。それをやりとげたマタドールこそが本物だ、それができるまで闘牛場を墓場にするわけにはいかない。そういうことじゃないのか」

ユベールがはっきりとそう言ったとき、二頭目を終えたサタナスがもどってきた。

「俺の出番だ。そこに立っていろ」

場内では砂場の整地が始まった。

「ユベール、あなたの闘牛……感動しました。こんなに心を揺さぶられたのは……初めてで」

「颯也……」

あとでそのことをもっともっと言おうと思った。ユベールが生きようと決意した気持ちがそのまま彼の全身からあふれ出て、場内を感動に包みこんでいた……と。

「いや、こんなもので俺は終わらない、もっと美しい闘牛を見せてやる。この先もずっと」

ユベールはそう言ってカポーテをつかんで闘牛場に降り立った。

防御壁に立ち、颯也はピンクのカポーテをつかんで牛を呼びよせるユベールの姿を見た。

闘牛場の光と影の境界線に立ち、あざやかにピンクの布を閃《ひらめ》かせるユベールの姿があった。

太陽の濃い影が砂場で揺らめいている。そこに死神の影はない気がした。

そのとき、もう一度、彼を失いたくないという気持ちと同時に、贖罪のために生きるのではなく、幸せのために生きることの大切さを悟った。

彼にそのことを言ったあと告げよう。

「生涯、死神につれていかれないようそばにいる。あなたが幸せでいるかぎり、きっと死神は現れないと思うから」——と。

†

『あなたの闘牛……感動しました。こんなに心を揺さぶられたのは……初めてで』

颯也の双眸から大粒の涙が流れ落ちたとき、ユベールは自分の躰のなかでなにかが花開くような感覚をおぼえた。

生きよう、この男の心をもっと大きく揺さぶってやろう。この程度の闘牛で感動したなど言わせない、もっともっとどうしようもないほど狂おしい気持ちにさせてやる。

そんな強い意欲が湧いてきたのだ。透明な水のなかから、すうっとすがすがしく浮きあがってくるような瑞々しい意欲が。

それから一カ月――もうすぐ颯也と出会って一年になる。

あと少しでスペインでの闘牛のシーズンも終わろうとしていた。

「――わかった、来月末にペルーに入る。大丈夫、リマくらいひとりで行ける」

マネージャーのアベルとのスケジュール確認の電話を終え、ユベールはつい先ほどまで颯也と狂おしい情交をくり返していた寝室へとむかった。

来月のサラゴサでの闘牛が終わると、そのままペルーの首都リマに行く。そのあとコロンビアやベネズエラ、メキシコ……と週末ごとに各地の祭で闘牛を行うことになっていた。それは同時に颯也との、この濃密な時間の終わりを意味している。

彼は修道院にもどり、司祭になるための本格的な修道生活に入ることになっていた。

『あなたの姿を見て、私も自分の道をきわめようと思いました。贖罪の意識からではなく、もっと深く、もっと尊い人間の「生」を見つめるためにも』

彼の潔い決意。愛ゆえに、それから自分の闘牛をする姿に影響されたと言われて悪い気はしないものの、これまでのように好きなときに好きなだけ触れることができなくなるのかと思うと、忌々しい気持ちにならなくもない。

——まあ、いい。修道生活中、淋しさに身悶えるほどの快楽をその躰に今のうちに刻みこんでおいてやる。

ユベールは酒を手に、寝室に入った。しどけない姿のまま颯也が寝台に横たわっている。薄闇のなか、彼の背が白百合の花のように浮かびあがって見えた。

吸いよせられるように白い首筋に手を伸ばし、ユベールは彼のなめらかな毛を指でかきわけた。指から漏れていくさらさらとした髪。この髪に触れるのが好きだ。

「……っ」

ゆっくりと彼が躰を反転させる。

「……おまえが好きでしょうがない」

ユベールは颯也の耳に唇を近づけて地上を撫でる風のように囁きかけた。

「……サングリア……私にもください」

颯也の肩からするりとシーツが落ちる。白い肌のなまめかしさに見惚れながらも「ああ」と静かにうなずいてユベールは新しいグラスに赤い酒を注いだ。

「冷えている、いいか?」

「そういえば、初めて会ったとき、あなたが呑んでいる赤いサングリアがおいしそうでしょうがなかった」

颯也が艶めいた唇をそこに近づける。血の色をしたアルコールが彼の唇を伝い、ひと筋、首筋へ流れ落ちていく。

「……なにか?」

乱れた前髪のすきまから颯也が見あげてくる。

「何でもない。闘牛の予定のことで。これからぶっ続けで五日間だ」

「モチベーションが保てないのならスケジュールを入れないほうがいいです。命をかけて闘うのなら」

その厳しい物言いに胸が昂る。

優しいのか冷たいのか。いや、彼の精一杯のはげましだ。

「おまえに言われる筋合いはない。闘牛場では最高の闘牛をしてやる。マタドールの道をきわめると決めたんだ。おまえが驚くほどのことをしてやる」

最初に『残酷だ』と言われたときも、その後、『つまらない闘牛』だと言われたときも、颯也に対してどうしようもない苛立ちを感じた。それこそ彼を突き放そうとするくらい。

けれど今は違う。素直にその言葉に耳を傾けられる。どんなに厳しい言葉を口にされても、それを乗り越え、もっと高みにいってやるという強い信念があるからだ。

この一年の颯也との関係——生まれて初めて人を愛しく感じ、彼からの愛をずっと手にし続けたいという執念にも似た想いがユベールに『生』への執着を芽生えさせた。

それは同時に闘牛士にとって死が頂点ではないという意識の変化をおこし、より過酷でより困難だが、より求めがいのある目標をユベールにもたらせた。

——そのせいか、以前よりもずっと危険な技を披露しているのに、まったく闘牛場でケガをしなくなった。

自分の心の進化が、闘牛をも進化させた実感。人を愛するという、ただそれだけの事実がこれほど大きなことだったとは——。

「明日が楽しみだ。このところ、自分でも驚くほど技が冴えている」

「それなら酒に酔っている時間はないです。さっさと明日のために寝たほうがいいですよ」

「わかってる」

颯也の唇をついばむとそこは冷ややかな熱を孕んでいた。

「だから、よく眠れるように……明日のために抱きしめてくれるか」

唇が離れると、ユベールは小声で試すように囁いた。すると…。

「いい……ですよ」

「颯也……」

この心を奪い、魂を虜にし、生きる意味を教えてくれた男。こいつが愛おしくてどうしようもない。

そんな情熱のまま彼の体内を己の灼熱で埋め尽くしていく。狂おしく震える粘膜がユベールの牡に熱く絡みつき、その愛で躰中を満たしてくれる。

「っ……あ……ユベール……どうか……無事で」

首に腕をまわし、甘い息を吐きながらしがみつき、颯也が祈るように囁く。胸に疼きを感じ、その唇を吸って、彼に誓う。

「ああ……おまえのところに必ず戻る、生きて、この道をきわめるから」

うっすらと眸を涙で濡らす颯也。なまめかしさのなかに幸福感をたたえた彼の顔を見つめているとユベールもまた至福を感じる。

人を愛する悦び。そして愛される悦び。それを実感しながら、激しく彼を求める。

生き残ろう。生きて、頂点をきわめ続けよう。そしてそれができて、本当に十分ふたりが互いの愛でどっぷり満たされたときに、本当の頂点にたどりつけるだろう。

闘牛場で死ぬのか、それとも生き残り続けるのか。いずれにしろ、そのときそれが幸せと思える結果となるだろう。この男の愛さえあれば。

重なったふたりの唇の間を通りぬけていく白百合の香り。

そこにはもう死の影はない。生への光、そしてあふれるほどの愛があるだけだった。

あとがき

華藤えれな

ディアプラスさんでは初めまして。お手にとって頂き、ありがとうございます。今回の主役は一匹《いっぴき》狼《おおかみ》で愛に餓《う》えた淋しがりの闘牛士と、少しスレた自己犠牲《じこぎせい》系の日本人《にほんじん》神学生《しんがくせい》。テーマは『いつ死ぬかわからない闘牛士と神学生の切ない恋』。あ、先に、レーベルイメージからほど遠いスペインの変な人達の話ですみません、攻は俺様で歪《ゆが》んだ性格、受は信仰心ゼロの喫煙《きつえん》神父、教会でエッチしてます、私の暑苦しい闘牛愛にも満ちてます、と謝っておきます。というのも予告が出た時に「ウソ」「ディアプラス、勘違いしてる?」との驚きの声を耳にして。でも一番驚いたのは私、闘牛士でOKが出るなんて。リアル闘牛好きなので狂喜しながらも「本当に書いていいんですか?」と何度訊《き》き返したか。執筆中も疑心暗鬼《ぎしんあんき》、今も不安。本当に何かの間違いかもしれませんが、大きなお心で闘牛ものを許可して下さった太っ腹なレーベルのためにも、この本、少しでも多くの方にお手にとって頂け、温かい目で読んで頂けることを切に願います。どうか楽しんで頂けますように。そして…よかったら感想も教えて下さいね。

葛西《かさい》リカコ先生、超絶美貌の闘牛士と色っぽい神父をありがとうございます。ユベールは先生の絵を脳内再生(性格以外)して創作しましたが、想像以上の格好良さ、ご一緒できて幸せです。編集部と担当様、何かの間違いにならないよう精進しますので宜《よろ》しくお願いします。

愛のマタドール《あいのマタドール》

この本を読んでのご意見、ご感想などをお寄せください。
華藤えれな先生・葛西リカコ先生へのはげましのおたよりもお待ちしております。
〒113-0024　東京都文京区西片2-19-18　新書館
[編集部へのご意見・ご感想] ディアプラス編集部「愛のマタドール」係
[先生方へのおたより] ディアプラス編集部気付　〇〇先生

初　出
愛のマタドール：書き下ろし

新書館ディアプラス文庫

著者：華藤えれな [かとう・えれな]
初版発行：2012年11月25日

発行所：株式会社新書館
[編集] 〒113-0024　東京都文京区西片2-19-18　電話(03)3811-2631
[営業] 〒174-0043　東京都板橋区坂下1-22-14　電話(03)5970-3840
[URL] http://www.shinshokan.co.jp/
印刷・製本：図書印刷株式会社

定価はカバーに表示してあります。乱丁・落丁本はお取替えいたします。
ISBN978-4-403-52316-8